Agatha Raisin y el veterinario cruel

M. C. Beaton (Glasgow, 1936-Gloucester, 2019) es el seudónimo que utilizó Marion Chesney, prolífica escritora escocesa con una reconocida trayectoria en el género histórico y romántico, para publicar sus novelas de detectives y misterio, entre las que destacan las sagas dedicadas a Hamish Macbeth y Agatha Raisin. De esta última, formada por más de treinta libros, se han vendido más de diez millones de ejemplares en más de quince países, y su exitosa versión televisiva, de la que se está rodando la quinta temporada en Inglaterra, se estrenó en España en 2021.

M. C. BEATON

Agatha Raisin y el veterinario cruel

Traducción de
Vicente Campos González

DEBOLS!LLO

Papel certificado por el Forest Stewardship Council®

MIXTO
Papel | Apoyando la
silvicultura responsable
FSC® C117695

Penguin
Random House
Grupo Editorial

Título original: *Agatha Raisin and the Vicious Vet*

Primera edición en Debolsillo: julio de 2024
Primera reimpresión: junio de 2025

Printed in Spain – Impreso en España

ISBN: 978-84-663-7547-4
Depósito legal: B-9.194-2024

Impreso en Liberdúplex
Sant Llorenç d'Hortons (Barcelona)

P 3 7 5 4 7 A

*La autora quiere agradecer a su veterinaria,
Anne Wombill, de Cirencester, toda la ayuda prestada.
Este libro es para ella y su marido, Robin, con afecto*

1

Agatha Raisin llegó al aeropuerto de Heathrow de Londres luciendo un bonito bronceado, pero la procesión iba por dentro, y en realidad empujaba el equipaje hacia la salida sintiéndose una completa idiota.

Se había pasado dos semanas en las Bahamas buscando desesperadamente a su atractivo vecino, James Lacey, que un día había dejado caer que disfrutaría de sus vacaciones en el hotel Nassau Beach. Cuando le gustaba un hombre, Agatha se mostraba tan implacable como en los negocios. Así que había gastado una fortuna llenando su maleta de ropa fabulosa mientras adelgazaba de forma drástica para enfundar su rejuvenecida figura de mediana edad en un bikini... Pero allí no había ni rastro de James Lacey. A pesar de que había alquilado un coche y visitado todos los hoteles de la isla, e incluso había contactado con el alto comisionado británico con la esperanza de obtener alguna noticia, todo había sido en vano. Días antes de su regreso, tras una llamada de larga distancia a Carsely, el pueblo de los Cotswolds donde vivía, se había atrevido a preguntarle a la señora Bloxby por el paradero de James Lacey.

Todavía podía oír la voz de la esposa del vicario, yendo y viniendo por la mala conexión de la línea, como si la arrastrara la marea: «El señor Lacey cambió de planes en el último momento. Decidió irse de vacaciones con un amigo a El Cairo. Pero sí que había hablado de irse a las Bahamas, es cierto, y recuerdo que la señora Mason comentó: "¡Qué casualidad! Ahí es adonde va nuestra señora Raisin." Y al poco nos enteramos de que lo había invitado ese amigo suyo de Egipto.»

Agatha había pasado tanta vergüenza que todavía le quemaba por dentro. Era evidente que aquel hombre había cambiado de planes sólo para no encontrársela. Aunque, viéndolo en retrospectiva, quizá su persecución había sido un poco descarada.

Pero había otro motivo por el que no había disfrutado de las vacaciones. Había dejado a *Hodge*, un regalo del sargento Bill Wong, en una residencia para gatos, y tenía el presentimiento de que el animal había muerto.

En el aparcamiento del aeropuerto cargó su equipaje en el maletero del coche. Se pasó todo el viaje de regreso a Carsely preguntándose una vez más por qué se había jubilado tan pronto —al fin y al cabo, hoy en día a los cincuenta y pocos una todavía es joven— y vendido su negocio para encerrarse en un pueblo de la campiña.

La residencia se encontraba a las afueras de Cirencester. La dueña, una mujer delgada y larguirucha, la recibió con descortesía.

—La verdad, señora Raisin —dijo—, tengo que salir ahora mismo. Habría sido más considerado de su parte llamar antes.

—Tráigamelo ya —le soltó Agatha, clavándole una mirada hosca—. Y rapidito.

La mujer salió con paso airado, exteriorizando su ofensa con cada gesto de su cuerpo. Al cabo de pocos minutos volvió con *Hodge*, que maullaba en su cesto trasportín. Agatha ignoró sus recriminaciones y pagó la factura. En cuanto tuvo al animal en sus brazos, la invadió tal consuelo que se preguntó si ya se había convertido en una de esas pueblerinas locas por los gatos.

Su casa, un cottage achaparrado bajo un pesado techo de paja, apareció ante sus ojos como un viejo perro guardián ansioso por darle la bienvenida. Una vez encendida la chimenea, alimentado el gato y con un whisky doble entre pecho y espalda, Agatha supo que saldría de ésta. ¡Que le den a James Lacey! ¡Que les den a todos los hombres!

Por la mañana se acercó a Harvey's, el colmado del pueblo, para comprar algo de comida y presumir de bronceado. Allí se encontró con la señora Bloxby. Agatha aún se sentía avergonzada por haberla llamado, pero la señora Bloxby, siempre tan discreta, ni se lo mencionó; sólo le recordó que esa misma noche había reunión de la Asociación de Damas de Carsely en la vicaría. Agatha dijo que asistiría, aunque le deprimió un poco pensar que su vida social parecía limitarse a tomar el té en la vicaría.

Estuvo tentada de no presentarse. En lugar de ir a la vicaría, se pasaría por el pub, el Red Lion, y aprovecharía para cenar allí mismo. Pero ya se lo había prometido a la señora Bloxby, y por alguna misteriosa razón uno jamás incumplía una promesa hecha a la señora Bloxby.

Cuando salió de casa aquella noche, una niebla espesa se había asentado sobre el pueblo, una bruma densa y gélida que amortiguaba los sonidos y transformaba los arbustos en atacantes agazapados.

Al llegar a la vicaría se las encontró a todas cómodamente sentadas en medio del agradable desorden del salón. No había cambiado nada. La señora Mason seguía ejerciendo de presidenta —*presidenta*, no *presidente*; aunque, como decía la señora Bloxby, una sabe cuándo empiezan pero no cuándo terminan esos cambios de género, y el día menos pensado acabaremos llamando *cantantas* a las cantantes— y la señorita Simms, con sus zapatos blancos y su minifalda a lo Minnie Mouse, era la secretaria. Todas insistieron en que les explicara cosas de las vacaciones, así que Agatha alardeó tanto del sol y la playa que ella misma acabó creyendo que se lo había pasado bien.

Tras la lectura de las actas se habló de los preparativos para organizar una colecta para Save the Children y también una salida con los ancianos. Luego hubo más té y pastas. Fue en ese momento cuando Agatha se enteró de la noticia: el pueblo de Carsely tenía por fin una consulta veterinaria. Las obras de ampliación del edificio de la biblioteca habían terminado, y Paul Bladen, veterinario de Mircester, pasaba consulta allí dos veces por semana, los martes y los miércoles por la tarde.

—Al principio no pensábamos ir —dijo la señorita Simms—, porque estamos acostumbrados a acudir al de Moreton, pero el señor Bladen es muy bueno.

—Y muy guapo —intervino la señora Bloxby.

—¿Joven? —preguntó Agatha con un destello de interés.

—Oh, yo diría que ronda los cuarenta —dijo la señorita Simms—. No está casado. Divorciado. Mirada profunda y manos preciosas.

Pero Agatha seguía pensando en James Lacey y la figura del veterinario no despertó su curiosidad; sólo deseaba que su vecino regresara cuanto antes para así demostrarle que no estaba interesada en él. Mientras las señoras se deshacían en elogios hacia el nuevo veterinario, se sentó a fantasear con la conversación que mantendrían a su vuelta, recreándose en lo que diría ella y contestaría él —e imaginando la cara de sorpresa del caballero en cuestión— al hacerse evidente que la supuesta persecución tan sólo eran gestos amables de buena vecina.

Sin embargo, los hados se conjuraron a fin de que Agatha conociera a Paul Bladen al día siguiente en la carnicería. Fue a comprarse un bistec para comer y unos higadillos de pollo para *Hodge*.

—Buenos días, señor Bladen —saludó el carnicero, y Agatha se dio la vuelta.

Paul Bladen era un hombre atractivo. De cuarenta y pocos años, pelo rubio canoso, tupido y ondulado, ojos castaño claro, que entornaba como si le deslumbrara el sol del desierto, boca de expresión firme y agradable y mentón cuadrado. Era delgado, de estatura media, y llevaba una chaqueta de tweed con coderas, pantalones de franela y, como el día era gélido, una vieja bufanda de la Universidad de Londres alrededor del cuello. A Agatha le recordó los viejos tiempos, cuando los estudiantes universitarios vestían como estudiantes universitarios, antes de que llegaran las camisetas y los vaqueros deshilachados.

Por su parte Paul Bladen vio a una mujer de mediana edad, regordeta, con el pelo castaño brillante, los ojos pequeños, como de oso, y la piel bronceada. Una mujer que vestía, se fijó, ropa muy cara.

Agatha le tendió la mano, se presentó y le dio la bienvenida al pueblo con afectación, con su mejor acento de aristócrata. Él sonrió mirándola a los ojos, le sostuvo la mano y masculló algo sobre el tiempo tan espantoso que hacía. Agatha se olvidó por completo de James Lacey. O casi. Que se pudra en Egipto. Deseó que pillara una buena diarrea o le mordiera un camello.

—En realidad —susurró Agatha embobada—, pensaba ir a verle. Con mi gato.

¿Había visto un fugaz velo de frialdad en esa mirada entornada? Sin embargo, el hombre dijo:

—Esta tarde hay consulta. ¿Por qué no trae al animal? ¿Le parece bien a las dos?

—Es fantástico tener por fin nuestro propio veterinario —afirmó Agatha con entusiasmo.

Él le dedicó de nuevo aquella sonrisa suya tan cálida y Agatha salió levitando de la tienda. La niebla seguía cubriendo el campo, pero en las alturas, muy arriba, un diminuto sol rojo forcejeaba por abrirse paso y proyectaba una débil luz rosácea sobre el paisaje escarchado. Le recordaba los calendarios de adviento de su niñez, llenos de imágenes invernales decoradas con purpurina. Agatha pasó a toda prisa por delante de la casa de James Lacey; ni siquiera la miró, iba absorta pensando en qué ponerse. Qué pena que toda su ropa nueva fuera de verano.

Se estudió la cara en el espejo de la cómoda mientras *Hodge*, su gatito atigrado, la observaba con curiosidad. El bronceado estaba muy bien, pero una gruesa capa de maquillaje hacía maravillas en una cara madura. Cada vez se veía la papada más abultada. Y las arrugas del rictus más pronunciadas, más que antes de las vacaciones. No tendría que haber olvidado las alarmantes advertencias de los médicos sobre los estragos del sol en la piel.

Se aplicó una crema nutritiva y, tras revolver un rato su armario, se decidió por un vestido rojo cereza y un abrigo negro entallado con solapa de terciopelo. Su pelo lucía reluciente y saludable, así que optó por no llevar sombrero. Hacía mucho frío y era imperativo calzarse unas botas, pero ese nuevo par de zapatos italianos de tacón de aguja le hacían unas piernas tan bonitas...

Tras dos horas de diligentes preparativos, estaba a punto de salir cuando recordó que antes debía coger al gato, que se había escondido en un rincón de la cocina. Lo metió sin contemplaciones en el cesto de mimbre. Los maullidos de queja de *Hodge* rasgaban el aire. Agatha, por una vez impasible ante los ruegos de su mascota, se encaminó a la consulta a paso ligero, contoneándose sobre sus tacones. Cuando llegó, tenía los pies congelados, como dos muñones doloridos.

Abrió de golpe la puerta de la consulta y se plantó en medio de la sala de espera. Parecía llena: Doris Simpson, su mujer de la limpieza, con su gato; la señorita Simms, con su *Tommy*; la señora Josephs, la bibliotecaria, con un enorme gato sarnoso llamado *Tweks*; y dos granjeros, Jack Page, al que conocía, y un hombre achaparrado y fornido al que tan sólo conocía de vista, Henry Grange. También había una forastera.

—Es la señora Huntingdon —le susurró Doris—. Ha comprado la vieja casa de Droon, en la parte alta del pueblo. Es viuda.

Agatha miró a la nueva con celos. A pesar de los denodados esfuerzos del Movimiento de Liberación Animal para que las mujeres dejaran de llevar pieles, la señora Huntingdon lucía un abrigo de visón de granja a juego con un elegante sombrero también de visón. La envolvía un delicado halo de perfume francés. Tenía la cara pequeña y bonita, como de muñeca de porcelana, grandes ojos de color avellana, unas pestañas larguísimas (¿postizas?) y la boca pintada de rosa. Su mascota era un pequeño terrier jack russell que ladraba con furia, agitándose al final de la correa como si quisiera abalanzarse sobre los gatos. La señora Huntingdon parecía no darse cuenta del ruido ni de las torvas miradas que le clavaban los dueños de los gatos. Por si fuera poco, se había sentado delante del único radiador y acaparaba todo el calor.

Había rótulos de PROHIBIDO FUMAR en todas las paredes, pero la señora Huntingdon se encendió un cigarrillo y soltó una bocanada de humo. En la sala de espera de un médico, donde los pacientes sólo están preocupados por ellos mismos, habría habido quejas. Pero la de un veterinario es un lugar donde la gente suele estar bastante cohibida, quizá debido a la preocupación por sus mascotas o a presencias femeninas un tanto intimidatorias.

A un lado de la sala, había una mesa con una enfermera-recepcionista. Era una chica normal y corriente, de cabello castaño lacio y con el acento gangoso de Birmingham. Se llamaba señorita Mabbs.

Doris Simpson fue la primera en pasar y sólo estuvo dentro cinco minutos. Agatha se frotó disimuladamente los tobillos helados. Por lo menos no sería una larga espera. Pero la siguiente, la señorita Simms, estuvo dentro media hora; cuando salió le brillaban los ojos y tenía las mejillas sonrojadas. Era el turno de la señora Josephs, que al cabo de un buen rato salió murmurando:

—Qué buena mano tiene el señor Bladen.

Su viejo gato yacía espatarrado boca arriba en el cesto, como si estuviera muerto.

Cuando entró la señora Huntingdon, Agatha se acercó a la mesa de recepción y le indicó a la señorita Mabbs:

—El señor Bladen me ha dicho que viniera a las dos. Y ya llevo un buen rato esperando.

—La consulta empieza a las dos. Seguramente se refería a eso —respondió la señorita Mabbs—. Tiene que esperar su turno.

Agatha no se había puesto de punta en blanco para nada, así que se resignó, cogió con desgana una revista *Vogue* de junio de 1988 y volvió a su dura silla de plástico.

Se dispuso a esperar pacientemente a que la alegre viuda y su perro reaparecieran, pero los minutos pasaban y Agatha no dejaba de oír risas saliendo de la consulta. Se preguntó qué estarían haciendo allí dentro.

En los tres cuartos de hora que siguieron Agatha terminó el ejemplar de *Vogue*, otro mejor conservado de *Good Housekeeping* de 1981 y se quedó absorta leyendo un reportaje de un viejo anuario de *Scotch Home* sobre un atractivo terrateniente de las Highlands que había abandonado a su amada Morag en los valles escoceses y se había fugado con Cynthia, una pintarrajeada furcia de Londres. Por fin salió la señora Huntingdon con su perro. La mujer sonrió vagamente a su alrededor antes de marcharse, y Agatha la fulminó con la mirada.

Sólo quedaban dos granjeros y Agatha.

—Me parece que yo aquí no vuelvo —dijo Jack Page—. Un día entero perdido, vaya que sí.

Pero él salió rápidamente porque sólo había ido a buscar una receta de antibióticos, que le entregó la señorita Mabbs. El otro granjero también quería medicamentos y Agatha respiró aliviada al verlo reaparecer al cabo de un momento. Había pensado reprender al veterinario por haberla hecho esperar tanto tiempo, pero allí estaban aquella dulce sonrisa de nuevo, aquel firme apretón de manos, aquella mirada íntima y tan cercana.

Se sentía alterada por su presencia, pero también culpable, porque en realidad a *Hodge* no le pasaba nada. Así que le devolvió la sonrisa un tanto aturdida.

—Ah, señora Raisin —dijo el veterinario—, veamos ese gato. ¿Cómo se llama?

—*Hodge.*

—Como el gato del doctor Johnson.

—¿Quién es? ¿Su colega de Mircester?

—El doctor Samuel Johnson, señora Raisin.

—Vale, ¿cómo iba a saberlo? —replicó Agatha con irritación.

Para ella el tal doctor Johnson era uno de esos intelectuales pelmazos, como sir Thomas Beecham, que sólo servía para que la gente pedante lo citara en las cenas. James Lacey, por ejemplo, lo había mencionado. Para ocultar su irritación, subió el cesto de *Hodge* a la mesa del veterinario y lo abrió.

—Vamos, sal, sal —dijo Agatha, tratando de engatusar a un hosco *Hodge*, hecho un ovillo al fondo del cesto.

—Permítame —afirmó el veterinario apartando a Agatha.

El hombre metió la mano y, levantándolo por el cogote, lo sacó brutalmente a la luz. *Hodge*, atemorizado, no paraba de maullar.

—Oh, no haga eso. Lo está asustando —se quejó Agatha—. Déjeme a mí.

—Muy bien. Parece muy sano. ¿Qué le pasa?

Hodge escondió la cabeza en la apertura del abrigo de Agatha.

—Esto... No come nada —dijo ella.

—¿Vómitos, diarrea?

—No.

—Bueno, le tomaremos la temperatura. ¡Señorita Mabbs! —La chica entró y se quedó con la cabeza gacha—. Aguante al gato —le ordenó.

La señorita Mabbs lo arrancó de los brazos de Agatha y lo colocó con mano firme sobre la mesa de reconocimiento. El veterinario se acercó a *Hodge* con un termómetro rectal. ¿Acaso iba a introducir ese termómetro en el trasero del pobre *Hodge* a la fuerza? El gato aulló, se soltó, se bajó de un salto de la mesa y se agazapó en un rincón de la consulta.

—He cometido un error —dijo Agatha, desesperada por sacar a su mascota de allí—. Si muestra algún síntoma grave, volveré a traerlo.

La señorita Mabbs salió. Agatha metió a *Hodge* con ternura en el cesto.

—Señora Raisin.

—¿Sí? —Agatha lo examinó con sus ojos de oso, en los que se había apagado por completo el brillo del amor.

—Hay un restaurante chino bastante bueno en Evesham. He tenido un día muy largo y creo que me merezco un premio. ¿Le gustaría cenar conmigo?

Agatha sintió una oleada de calorcillo placentero recorriendo su cuerpo maduro. ¡Que le den a *Hodge* y a todos los gatos!

—Me encantaría —contestó casi sin aliento.

—Entonces nos vemos allí a las ocho —dijo sonriendo mientras la miraba a los ojos—. Se llama Evesham Diner; es una casa antigua del siglo XVII, en High Street. No tiene pérdida.

Agatha salió a la ahora vacía sala de espera esbozando una sonrisa de suficiencia. Le habría gustado haber sido la primera «paciente» para poder contarles a todas las demás mujeres que tenía una cita.

De camino a casa, se pasó por el colmado y le compró a *Hodge* una lata del mejor salmón para descargar su mala conciencia. Al llegar, tras hacerle unos mimos al gato y dejarlo delante de una chimenea crepitante, se convenció de que el veterinario había sido firme y eficiente con el animal, no deliberadamente cruel.

El deseo de alardear de su cita era tan fuerte que llamó por teléfono a la esposa del vicario, la señora Bloxby.

—¿Sabe qué? —dijo Agatha.

—¿Otro asesinato? —aventuró la esposa del vicario.

—Mucho mejor. Nuestro nuevo veterinario me ha invitado a cenar esta noche.

Siguió un largo silencio.

—¿Está usted ahí? —preguntó Agatha secamente.

—Sí, aquí sigo. Me estaba preguntando...

—¿Qué?

—¿Por qué la invita?

—Yo diría que es obvio —le espetó Agatha—. Le gusto.

—Perdóneme. Claro que sí. Sólo que me da la impresión de que ese hombre es frío y calculador. Ándese con cuidado.

—No tengo quince años —dijo Agatha, ofendida.

—Precisamente.

Agatha interpretó ese «precisamente» como «Es usted es una mujer de mediana edad y es normal que se sienta adulada por las atenciones de un hombre más joven».

—En cualquier caso —prosiguió la señora Bloxby—, tenga mucho cuidado en la carretera, está empezando a nevar.

Agatha colgó, un tanto apagada, pero al instante sonrió. ¡Claro! La señora Bloxby estaba celosa; todas las mujeres del pueblo se habían quedado prendadas del veterinario. Pero ¿qué había dicho de la nieve? Agatha apartó la cortina y se asomó. Nevaba, pero la nieve todavía no cuajaba en el suelo.

A las siete y media se sentó al volante de su coche obviando la incomodidad de sentarse con un *body* ceñido, un vestido negro de lana de Jean Muir y un voluminoso collar de perlas. Los tacones eran muy altos, así que se los quitó y condujo descalza colina arriba para salir del pueblo.

La nieve caía cada vez con más fuerza y de pronto, casi en la cima de la colina, cruzó una especie de frontera nevada y se encontró conduciendo sobre una espesa capa blanca. Por suerte tenía por delante la tentadora ilusión de la cena con el veterinario.

Al acercarse a la A-44, pisó con fuerza el freno para reducir la velocidad y el coche patinó. Todo pasó muy rápido, increíblemente rápido. Los faros giraron alumbrando enloquecidos el paisaje invernal y oyó un crujido espeluznante al chocar contra un muro de piedra a su izquierda. Con mano trémula, apagó las luces y el motor y se quedó quieta.

Un coche que circulaba en sentido contrario, en dirección al pueblo, se detuvo a su lado. Se abrió y cerró una puerta. Una figura oscura se inclinó hacia el lado del coche donde estaba sentada Agatha, que bajó la ventanilla.

—¿Está bien, señora Raisin? —dijo la voz de James Lacey.

Antes de conocer al veterinario, antes del fiasco de las Bahamas, Agatha había fantaseado a menudo con que James Lacey la rescataba de un accidente. Sin embargo, en aquel momento sólo podía pensar en su anhelada cita.

—Creo que no me he roto nada —dijo Agatha, y entonces golpeó el volante, frustrada—. ¡Maldita nieve! ¿Puede acercarme a Evesham?

—¿Está de broma? La cosa va a peor, o eso indica el parte meteorológico. Van a cerrar Fish Hill.

—Oh, no —gimoteó Agatha—. A lo mejor podríamos ir por otra ruta. Tal vez por Chipping Camden.

—No sea tonta. ¿Le funciona el motor?

Agatha lo puso en marcha y el coche cobró vida.

—¿Y las luces?

Agatha las encendió y los faros iluminaron un campo yermo cubierto de nieve.

James Lacey inspeccionó los daños en el morro del coche.

—El cristal de los faros está hecho añicos, necesitará un nuevo parachoques y un radiador. Y una nueva matrícula. Será mejor que dé la vuelta y me siga hasta el pueblo.

—Si no me lleva usted, cogeré un taxi.

—Inténtelo si quiere —dijo y se dirigió a su coche.

Agatha oyó que lo ponía en marcha, dio media vuelta y lo siguió. James Lacey aparcó delante de su casa, la saludó con la mano y se metió dentro en cuatro zancadas. Ella salió de su coche, olvidando que iba descalza, y corrió a la suya. Cogió el teléfono, se plantó delante de la lista de empresas de taxi que tenía clavada en la pared y empezó a llamar a una tras otra, pero no encontró un solo taxista dispuesto a conducir hasta Evesham o a ninguna otra parte en una noche como ésa.

Maldita sea, pensó Agatha con rabia, mi coche todavía funciona. Yo aquí no me quedo.

Metió los pies húmedos en un par de botas y volvió a salir, pero no había recorrido ni la mitad de la colina cuando se le apagaron los dos faros y quedó sumida en las tinieblas nevadas. Agotada, dio media vuelta y regresó al pueblo. Una vez en casa, telefoneó al restaurante chino. No, le dijo una voz desde el otro extremo de la línea, el señor Bladen no se había presentado. Sí, había reservado una mesa. No, con total seguridad, no había llegado.

Con el ánimo por los suelos, Agatha llamó a información y consiguió el número de teléfono del veterinario de Mircester. Le respondió una mujer.

—Me temo que el señor Bladen está ocupado en este momento —dijo la voz, que sonaba entre distante y divertida.

—Soy Agatha Raisin. Habíamos quedado en un restaurante de Evesham esta noche.

—¿Pretende que coja el coche con este tiempo?

—¿Con quién estoy hablando, por favor? —preguntó Agatha.

—Soy su esposa.

—¡Oh! —Agatha soltó el auricular como si fuera una brasa candente.

¡Así que seguía casado! ¿De qué iba todo aquello? Si estaba casado, no debería haberla invitado a cenar. Agatha tenía unas convicciones muy claras respecto a salir con hombres casados. ¿Acaso había querido burlarse de ella? ¡Hombres! ¡Y James Lacey! Ése se había metido en su casa tan tranquilo y ni tan siquiera se había molestado en preguntarle cómo se encontraba después del accidente.

Agatha se sentía como una tonta. En lugar de disfrutar de una agradable velada con un hombre atractivo había acabado con el coche destrozado. Pasó el resto de la noche rellenando un parte de accidentes mientras *Hodge* ronroneaba en su regazo.

El día siguiente amaneció nublado y seguía nevando. Una vez más, Agatha tenía la sensación de estar atrapada. Esperaba que sonara el teléfono en cualquier momento, convencida de que Paul Bladen la llamaría para disculparse o al menos decirle algo. Pero el aparato seguía allí, regodeándose en su silencio.

Finalmente decidió hacer una visita a James Lacey, para explicarle, con sutileza, que ella no lo había estado persiguiendo. Pero, aunque de su chimenea salía una fina columna de humo y el coche, cubierto de nieve, seguía aparcado delante de su casa, su vecino no abrió la puerta.

Agatha se sintió desairada. No le cabía la menor duda de que él estaba dentro.

Hodge, con el egoísmo propio de los gatos, jugaba alegremente en el jardín nevado, acechando a presas imaginarias.

Por la tarde llamaron al timbre. Agatha se miró en el espejo, cogió el lápiz de labios que tenía siempre en la mesa del recibidor y se pintó. Luego se alisó el vestido y abrió la puerta.

—Ah, eres tú —dijo mirando los rasgos orientales del sargento Bill Wong.

—Menudo recibimiento... ¿Es posible tomar una taza de café?

—Pasa —lo invitó Agatha, inclinándose por encima del hombro del detective y mirando esperanzada a un lado y otro de la calle.

—¿A quién esperabas? —le preguntó él cuando se sentaron en la cocina.

—Esperaba unas disculpas. Nuestro nuevo veterinario, Paul Bladen, me invitó a cenar anoche en Evesham, pero mi coche patinó en lo alto de la carretera y no pude llegar. Y resulta que él ni siquiera fue al restaurante. Llamé a su casa y me contestó una mujer. Dijo que era su esposa.

—No puede ser —afirmó Bill—. Lleva cinco años separado de su mujer, y el divorcio legal se certificó el año pasado.

—¡¿A qué está jugando entonces?! —exclamó Agatha, exasperada.

—Querrás decir con quién está jugando. Con la nevada que había caído, era imposible ir a Evesham; no sé, preferiría divertirse un poco en casa.

—Bueno, en cualquier caso, tendría que haberme llamado —dijo Agatha.

—Y hablando de tu vida amorosa, ¿cómo te fue por las Bahamas?

—Muy bien —dijo Agatha—. Tomé un poco el sol.

—¿Y viste al señor Lacey?

—No lo esperaba. Él se había ido a El Cairo.

—¿Y ya lo sabías antes de ir?

—¡¿Qué es esto?! —exclamó Agatha—. ¿Un interrogatorio policial?

—Sólo pregunto como amigo. Me alegra ver que *Hodge* está contento. Parece muy sano.

—Ah, está como un toro.

Los ojos almendrados la miraban con intensidad, brillando levemente bajo la luz blanquecina de la nieve que entraba por la ventana de la cocina.

—Entonces ¿por qué fue el bueno de *Hodge* a ver al veterinario?

—¿Me has estado espiando?

—No, ayer pasaba por casualidad por allí y te vi entrar en la consulta con su cesto. Deberías llevar un calzado más sensato con este tiempo.

—Tan sólo quería asegurarme de que el gato tenía puestas todas las vacunas —dijo Agatha—, y lo que me ponga o me deje de poner en los pies es asunto mío.

Él levantó las manos y las dejó caer.

—Lo siento. Pero es curioso lo de Bladen.

—¿El qué?

—Hace algún tiempo se hizo socio de Peter Rice, el veterinario de Mircester. ¡Menudas colas de mujeres se formaban las primeras semanas! Llegaban hasta la calle. Pero luego dejaron de ir. Por lo visto a Bladen no se le dan bien las mascotas. Es un hacha con los animales de granja y los caballos, pero aborrece los gatos y los perros pequeños.

—No me apetece hablar de ese hombre —repuso Agatha—; ¿no tienes nada que contarme?

Así que Bill le explicó su problema con el incremento de robos de coches en la zona y por qué la mayoría de estos delitos los cometían chicos jóvenes. Agatha lo escuchaba sólo a medias; seguía esperando que sonara el teléfono para salvar su orgullo. Pero Bill se fue y el maldito aparato seguía en silencio.

Llamó al taller del pueblo para que se acercaran a remolcar su coche averiado y le hicieran un presupuesto de la reparación. Se quedó mirando cómo se lo llevaba la grúa y luego decidió pasarse por el Red Lion. Los últimos meses se había puesto a diario la ropa más cara y elegante de su armario para poder pasar por delante de la puerta de James Lacey hecha un pincel, pero ya no tenía motivos para ir de tiros largos. Jersey grueso, falda de tweed y botas era suficiente. Mientras se abrochaba el abrigo de ante y borreguito, sonó el teléfono. Agatha dio un respingo, convencida de que era Paul Bladen por fin, pero una voz desconocida habló al teléfono preguntando en tono dubitativo:

—¿Agatha?

—Sí, ¿quién es? —dijo ella irritada y decepcionada.

—Soy Jack Pomfret. ¿Te acuerdas de mí?

Agatha se animó. Jack Pomfret tenía una empresa de relaciones públicas, su competencia en realidad, pero siempre se habían llevado bien.

—Claro. ¿Qué tal?

—Vendí la empresa casi al mismo tiempo que tú —dijo—. Decidí imitarte, jubilarme joven, divertirme un poco. Pero resulta que me aburro como una ostra, no sé si me entiendes.

—Y tanto —coincidió Agatha sinceramente.

—Así que estoy planteándome volver a empezar y me preguntaba si te interesaría ser mi socia.

—Es un mal momento —contestó Agatha con cautela—. Estamos en plena recesión.

—Las grandes empresas siempre necesitan relaciones públicas y yo ya tengo dos esperando.

Agatha estaba impresionada.

—¿Estás cerca de aquí? —preguntó—. Tenemos que sentarnos y hablarlo como es debido.

—Yo había pensado —dijo él con entusiasmo— que, si pudieras acercarte a Londres, podríamos ponernos ya manos a la obra.

La idea de escapar del pueblo y olvidarse de sus frustradas esperanzas románticas llevó a Agatha a responder:

—Lo haré. Reservaré habitación en la ciudad. ¿Qué número tienes? Ya te llamaré.

Tras anotar el número de teléfono, se disponía a llamar a su hotel favorito pero se detuvo. Maldito *Hodge*. No podía volver a dejar al pobre animal en la residencia para gatos. Se acordó de unos apartamentos de alquiler muy caros donde en una ocasión había alojado a unos clientes extranjeros. Llamó y alquiló uno por dos semanas. Estaba segura de que no permitían mascotas, aunque tampoco tenía intención de preguntarlo. *Hodge* sobreviviría sin salir al exterior durante un par de semanas. Además, hacía un tiempo espantoso.

2

Agatha no pudo centrarse de inmediato en los negocios. *Hodge*, que en Carsely reservaba sus impulsos destructivos para el jardín, se empeñó en arañar los muebles del apartamento de Kensington, así que tuvo que salir a comprarle un poste rascador y luego tirarse un buen rato tumbada en el suelo y rascándolo con sus propias uñas para enseñarle cómo lo tenía que hacer.

Cuando la mascota se tranquilizó, llamó a Jack Pomfret, que le propuso comer en el Savoy Grill.

Carsely se iba alejando, como engullido por un remolino, hasta convertirse en apenas una mota diminuta en su cabeza. Estaba de nuevo en Londres, volvía a formar parte de la ciudad, no era una simple visita, no estaba de paso: había regresado al trabajo.

Jack Pomfret, un hombre esbelto con ínfulas de Oxbridge, de esos que se resisten al paso del tiempo en vaqueros y con el pelo ondulado, le soltó un par de piropos nada más verla. Agatha tenía curiosidad por saber qué lo había motivado a vender su empresa.

—Lo mismo que a ti —dijo él con una sonrisa infantil—. Creí que la jubilación me vendría bien; bueno, que nos vendría bien a los dos, a mi esposa Marcia y a mí. Nos mudamos a España un tiempo, pero el clima no nos sentó como esperábamos. Estábamos en el sur; demasiado calor. Y qué hay de ti, cuéntame qué has estado haciendo.

Agatha se acomodó y le habló de su intervención en la resolución de un caso de asesinato, adornándola con todo lujo de detalles.

—Pero la vida de pueblo debe de resultarle sofocante a alguien como tú, querida —dijo sonriendo mientras la miraba a los ojos, en un gesto que a Agatha le recordó al veterinario—. Con todos esos muermos y mastuerzos.

—Tengo que reconocer que me aburro —contestó Agatha, y en el acto sintió una punzada de culpabilidad mientras veía pasar ante sus ojos los rostros de las mujeres del pueblo—. En realidad, todos han sido muy amables, muy agradables. No es por ellos. Es por mí. No estoy acostumbrada a la vida en el campo.

Continuaron charlando hasta que llegó el café y luego se lanzaron a hablar de negocios. Jack dijo que había una oficina en Marble Arch que podían alquilar. Lo único que necesitaban para empezar eran tres habitaciones. Agatha repasó las cifras. Parecía que él había estudiado cuidadosamente todos los detalles.

—El alquiler es muy caro —dijo Agatha—. Sería mejor que consiguiéramos un local en otro sitio, uno con un contrato a punto de acabar. Y antes incluso de planteárnoslo, deberíamos asegurarnos de que tenemos suficientes clientes.

—¿Te convencería ese par de empresas que te mencioné?

—Claro.

—Pues resulta que los gerentes de esas dos empresas están en Londres para una conferencia. Te diré lo que haremos: prepara unas copas y alguna pijada para picar y los llevo a tu apartamento. Te llamo más tarde y te digo la hora.

—Vaya, con contactos como ésos, nos plantamos en primera división en unas semanas —dijo Agatha.

En efecto, Jack la llamó más tarde y los gerentes fueron al apartamento de Agatha al día siguiente. Tuvieron una reunión de lo más animada, sobre todo para Agatha, porque los dos hombres coquetearon descaradamente con ella.

Jack se quedó a hacer una última copa después de que se fueran los gerentes. Cuando se levantó para marcharse, besó a Agatha en la mejilla y le dijo:

—Te daré un precio cerrado por tu parte en la empresa: tú sólo tienes que darme el cheque y dejar en mis manos los detalles prácticos del negocio. Los clientes son cosa tuya, Agatha. Eres un genio de las relaciones públicas; siempre lo fuiste. ¡¿Te has fijado en cómo tenías a esos dos comiendo de tu mano?!

—¿Cuánto? —preguntó Agatha.

Le dijo una cifra astronómica. Luego se sentó otra vez y sacó un montón de papeles con más datos y cifras. Mientras tanto, Agatha se lo pensaba a fondo. La cantidad que le había dado Jack suponía invertir todos sus ahorros. Aunque también podía vender la casa de Carsely, que ya no le haría falta si volvía al trabajo.

—Déjame que lo consulte con la almohada —le pidió—. Y deja los papeles aquí.

Cuando él se hubo marchado, deseó no haber bebido tanto. Repasó los números. Iban a necesitar de todo: desde lo más básico hasta ordenadores y faxes. Además de organizar una fiesta de presentación. Papel, clips...

—No estoy segura —dijo despacio—. ¿A ti qué te parece, *Hodge*? ¿*Hodge*?

Pero no había rastro del gato. Registró el pequeño apartamento, miró debajo de la cama, en los armarios y las cómodas. Nada.

El gato debía de haberse escapado al irse los clientes. Se puso el abrigo y bajó por las escaleras, no por el ascensor, gritando: «¡Hodge! ¡Hodge!»

Una mujer abrió la puerta y dijo en tono glacial:

—¿Le importaría bajar la voz?

—Que te den —le espetó Agatha, angustiada.

Si esto hubiera ocurrido en Carsely, decía una voz en su cabeza, el pueblo entero se habría presentado para ayudarla. Abrió el portal de la calle. Fuera se extendía la anónima y nada solidaria Londres. Recorrió las plazas y los jardines de Kensington mientras el tráfico ahogaba el sonido de su voz, pese a que gritaba con todas sus fuerzas.

—Si yo fuera usted, querida —le dijo una voz femenina a su lado—, esperaría a que hubiera menos tráfico. Es un gato, ¿no? El tráfico los asusta.

Pero Agatha siguió adelante, pese a que tenía los pies fríos y doloridos. Preguntó en todas las tiendas de Gloucester Road, pero no era más que otra mujer buscando a su mascota. No habían visto al gato y tampoco parecían ni preocupados ni interesados.

Volvió caminando con aire sombrío a Cornwall Gardens. Alguien estaba tocando una sonata de Chopin con la torpeza de un aficionado. Otros celebraban una fiesta apretujados en una habitación que daba a la calle.

Y entonces Agatha vio un gato que caminaba despacio hacia ella. Un gato atigrado. Se acercó lentamente a él, suplicando en voz baja. *Hodge* tenía franjas grises y negras, no era precisamente muy original.

—*Hodge* —llamó con voz afable.

El gato se detuvo y la miró.

—Oh, eres tú —dijo Agatha llena de gratitud y cogió al animal en brazos.

—Me alegro de que alguien se quede ese pobre gato extraviado —dijo un hombre que paseaba a su perro—. Iba a llamar a la Sociedad para la Prevención de la Crueldad con los Animales. Lleva dos semanas viviendo en estos jardines. Con este frío. Sin duda los gatos son grandes supervivientes.

—Es mi gato —contestó Agatha y, aferrando al animal con la misma fiereza que una madre a su hijo herido, volvió con paso airado a su apartamento.

Abrió la puerta, la cerró con fuerza y dejó al gato en el suelo.

—Lo que necesitas es un poco de leche caliente.

Agatha entró en la minúscula cocina. *Hodge* se levantó de una silla de la cocina, se estiró y bostezó.

—¿Cómo has llegado ahí? —preguntó Agatha, desconcertada.

Se dio la vuelta. El gato atigrado que había recogido en Cornwall Gardens entró en la cocina maullando con suavidad. Bajo la luz potente del fluorescente, Agatha vio que era un animal escuálido, nada que ver con *Hodge*.

—Dos —refunfuñó.

No podía quedarse dos gatos. Con uno ya tenía bastantes preocupaciones. ¿Dónde se habría metido *Hodge*?, se preguntó Agatha, que todavía no estaba familiarizada con las costumbres felinas y no sabía que eran capaces de desaparecer en cuestión de segundos. Pensó en devolver el nuevo gato a los jardines. Pero sería una crueldad. Aunque podía llevarlo a la sociedad protectora de animales, allí seguramente lo asfixiarían con gas, porque ¿quién querría un simple gato atigrado?

Llenó dos cuencos con leche caliente y otros dos con comida para gatos. *Hodge* parecía haber aceptado al recién llegado como si nada. Agatha cambió la arena de la bandeja y rezó para que el nuevo animal estuviera enseñado.

Cuando fue a acostarse, los gatos se le acomodaron a ambos lados. Era reconfortante. ¿Qué dirían en Carsely si volvía con los dos? Aunque, bien pensado, sólo volvería a Carsely para hacer las maletas.

A la mañana siguiente se despertó pensando en Carsely. Decidió llamar a Bill Wong y darle la noticia.

En la comisaría de Mircester, le dijeron que era su día libre, así que Agatha lo llamó a casa. Él escuchó atentamente mientras ella le esbozaba sus planes y le contaba la visita de los dos gerentes. Luego se quedó unos segundos en silencio, hasta que con su suave acento de Gloucester dijo:

—Es raro.

—¿El qué?

—Que dos gerentes de grandes empresas se presenten así, por las buenas. No sé mucho de negocios, pero...

—Eso es cierto, no sabes —lo interrumpió Agatha.

—Pero me hubiera imaginado que organizarían una reunión como es debido contigo, que te contactaría el departamento de marketing, los encargados de relaciones públicas de ambas empresas, no sé, esas cosas.

—Casualmente estaban los dos en la ciudad para una reunión de negocios.

—¿Y qué sabes en realidad de ese tal Jack Pomfret? No irás a darle dinero ni nada por el estilo, ¿verdad?

—No soy tonta —repuso Agatha un poco irritada, pues empezaba a pensar que sí que era tonta.

—Una buena forma de conocer a la gente —añadió Bill— es pasándote por su casa. Por lo general, puedes hacerte una idea del dinero que tiene alguien por el sitio donde vive y por cómo es su mujer.

—¿Me estás diciendo que lo espíe? ¿Tú, que siempre me repites que debería meterme en mis asuntos?

—Creo que eres una fisgona cuando no tendrías que serlo y conmovedoramente ingenua cuando tampoco tendrías que serlo —dijo Bill.

—Mira, poli, dirigí una empresa de éxito durante años.

—A lo mejor Carsely te ha hecho olvidar que el mundo puede ser un lugar espantoso.

—¿Qué? ¿Después de un asesinato y todo el caos que vino luego?

—Eso es distinto.

—Bueno, he acabado con Carsely.

Se oyó una risita divertida al otro lado de la línea.

—Eso es lo que tú te crees.

Agatha se acomodó con un café y un cigarrillo para repasar de nuevo los papeles que le había dado Jack. ¿En serio esperaba que le entregase un cheque sin comprobar que él hacía una aportación igual? El nuevo gato y *Hodge* se perseguían el uno al otro por encima de los muebles, y el felino callejero parecía haberse recuperado asombrosamente bien.

Agatha abrió su maletín, encontró una carpeta sujetapapeles y guardó dentro los documentos. Llamó a Roy Silver, el joven que había trabajado para ella.

—Aggie, querida —su voz resonó cantarina—, estaba pensando en ir a visitarte. ¿Qué andas haciendo?

—Necesito tu ayuda. ¿Te acuerdas de Jack Pomfret?

—Vagamente.

—¿No tendrás su dirección, por casualidad?

—Pues va a ser que sí, querida, birlé tu agenda de contactos cuando me fui. ¡No chilles! Seguro que te habías olvidado de ella. Déjame ver... Ajá, el 121 de Kynance Mews, en Kensington. ¿Quieres el teléfono?

—Ya lo tengo, pero no parece un número de Kensington. Tanto da. Me acercaré a pie. Me queda a la vuelta de la esquina.

—¿Cuánto tiempo vas a estar en Londres? Deduzco que andas por aquí. ¿Quieres que nos veamos?

—Tal vez más tarde —dijo Agatha—. ¿Te has casado?

—No, ¿por qué?

—¿Y qué fue de aquella chica, cómo se llamaba, la que llevaste a Carsely para presentármela?

—Se fue y me dejó por un borracho.

—Lo siento.

—Pues yo no —dijo Roy con mordacidad—. Puedo encontrar algo mejor.

—Mira, ya te llamaré. Primero tengo que aclarar algunas cosas.

Agatha se despidió y colgó. ¿Por qué no le había dicho Jack que vivía a la vuelta de la esquina?

Se acercó caminando hasta el final de Kynance Mews, el número 121, y llamó al timbre.

Una mujer delgada, de aspecto aristocrático, abrió la puerta. Era el tipo de mujer que Agatha no soportaba, de esas que se pasean por Londres con perlas cultivadas y botas de goma verde.

—¿El señor Pomfret? —preguntó Agatha.

—El señor Pomfret ya no vive aquí —respondió la mujer con acritud—. Le compré la casa. Pero no soy su secretaria y me niego a reenviarle más cartas. Lo único que tiene que hacer es pagar una pequeña suma de dinero en correos para que se las reenvíen.

—Si me da su dirección, puedo llevarle las cartas yo misma —dijo Agatha.

—Muy bien. Espere y se la anoto.

Agatha se quedó allí plantada, con aquel frío gélido y los adoquines cubiertos de escarcha. Una bandada de gansos pasó volando por encima de ella en su trayecto desde la Round Pond de Kensington Gardens hasta Saint James's Park. Su aliento formaba nubecillas de vapor delante de su cara. En la bocacalle dos amantes de los perros soltaron a sus animales. Ambos orinaron en todas y cada una de las puertas del callejón y luego se agacharon para defecar, los dos a la vez, antes de que sus orgullosos dueños los reprendieran por sus acciones. No había amantes de animales más egoístas que los de Kensington, pensó Agatha.

—Aquí tiene —dijo la mujer—, y ésta es la dirección.

Le entregó una hoja de papel y un montón de cartas. Agatha le dio las gracias y se guardó las cartas en el maletín, sorprendida al ver la dirección, mientras la mujer le cerraba la puerta en las narices: el 8A de Ramillies Crescent, en Archway. A ver, había algunas mansiones en Archway, todavía quedaban ricos en aquel barrio decadente, pero por el número, 8A, la de Pomfret parecía más bien un sótano.

Se encaminó hacia la estación de metro de Gloucester Road y, como no quería hacer muchos transbordos, cogió la District Line hasta Embankment y luego la Northern Line hasta Archway. Cuando subió al vagón de la Northern Line, revisó las cartas. Casi todas eran de propaganda pero había una de Hacienda. Se le cayó el alma a los pies, congelados de frío. La gente que cumplía la ley y tenía las cuentas claras no perdía el contacto con Hacienda. Sacó el mapa de Londres del bolsillo y buscó Ramillies Crescent entre la red de calles de detrás del hospital.

Al salir del metro, en el cruce principal de Archway, tuvo la impresión de que todo el mundo parecía deprimido. Se podría coger a toda aquella gente, pensó Agatha con tristeza, y ponerla en las calles de Moscú y nadie se daría cuenta de que eran extranjeros. Subió por la empinada cuesta desde el metro, y cuando llegó al hospital dobló hacia Ramillies Crescent.

Se encontró con una calle semicircular de destartaladas casas victorianas. Allí nadie acusaba la recesión porque nadie había alcanzado nunca el nivel de vida mínimo desde el que retroceder. Los jardines delanteros estaban descuidados, y en la mayoría habían echado cemento para hacer sitio a un coche oxidado. Agatha llegó al número 8. Como había supuesto, el 8A era el piso del sótano. Esquivó un cochecito de bebé que parecía haber sido arrojado allí de cualquier manera y llamó al timbre.

Recordaba, vagamente, que Marcia Pomfret era una rubia escultural. Por eso al principio no cayó en que esa mujer que le había abierto la puerta y que tampoco parecía reconocerla a ella, con el rostro desvaído, arrugado y las raíces del pelo oscuras, era Marcia.

—¿Qué vende? —le preguntó con voz cansada y nasal.

Agatha optó por mentir.

—No vendo nada —dijo animada—. Me han dado su nombre porque tengo entendido que usted y su marido vivieron en España. Estoy haciendo un estudio para el Gobierno español. Quieren saber por qué varias familias británicas no se asentaron en el país y volvieron a Gran Bretaña.

Agatha sacó la carpeta sujetapapeles y varios documentos de su maletín, y se quedó esperando.

—Más vale que pase —dijo Marcia—. Por lo general, sólo hablo con las paredes, literalmente.

La condujo a una sala de estar de lo más lúgubre. El ojo clínico de Agatha reconoció de inmediato lo que ella llamaba «mobiliario del casero». Se sentó en un sofá desgastado delante de una mesita baja de cristal y cromo.

—Bien —continuó con el tono animado—, ¿qué los llevó a España?

—Fue mi marido, Jack —explicó Marcia—. Siempre había querido tener un bar. Creía que podía llevarlo solo. Así que vendió su negocio y la casa, y compramos un pequeño bar en la Costa del Sol. Lo llamó Home from Home. Un local al más puro estilo británico, con cerveza San Miguel y pastel de carne y riñones. Teníamos el piso encima del bar. Era un trabajo de esclavos. Él ligaba con las chicas en la barra y yo me pasaba el día en la cocina; imagínese, preparando platos típicos de comida inglesa en un lugar donde al salir a la calle te asabas de calor.

—¿Y les fue bien? —preguntó Agatha, simulando que tomaba notas.

—Qué va. Éramos un bar inglés más entre un montón de bares ingleses. No podíamos contratar ayuda. En esa época los españoles sólo trabajaban por un salario. Casi nos morimos de calor. «Ya verás. Pronto irá bien y podremos pasarnos el día en la playa mientras alguien trabaja para nosotros», decía Jack. Pero el local nunca llegó a despegar. Cuando terminó la temporada turística, se acabó el negocio. Le dije a Jack que más valía que lo reconvirtiera en un bar español, que atrajera a la gente del pueblo y a la clase de turistas que no viajan hasta allí para seguir comiendo la misma basura inglesa de siempre; pero ¿cree que me hizo caso? Así que vendimos y volvimos a la nada.

Agatha le hizo unas cuantas preguntas más sobre España y los españoles para no despertar sospechas. Luego guardó la carpeta y se puso de pie.

—Espero que levanten cabeza pronto —dijo.

Marcia se encogió de hombros con gesto cansino y de pronto a Agatha le vino a la cabeza la escena de una fiesta, diez años atrás, y la vio joven, rubia y hermosa. El último bombón que se había ligado Jack, decían todos, pero lo cierto era que se había acabado casando con ella.

—¿Tiene hijos? —preguntó Agatha.

Marcia negó con la cabeza.

—Y mejor así —dijo con amargura—. No me gustaría criarlos aquí.

Sí, mejor así, pensó Agatha mientras se alejaba apesadumbrada por la calle, porque estaba segura de que cuando él descubriera que no la había timado buscaría una nueva esposa, una con dinero esta vez. Se acordó de las cartas y se detuvo junto a un buzón, les cambió la dirección y las echó dentro.

Jack Pomfret subía por la escalera mecánica de la estación de metro de Archway cuando vio la fornida figura de Agatha Raisin bajando por la otra escalera y abrió su ejemplar de *The Independent* para esconderse tras él. Al salir a la calle, fue corriendo a casa.

—¿Ha estado aquí la Raisin? —preguntó.

—¿Qué Raisin? —replicó Marcia—. Sólo ha venido una mujer del Gobierno español haciendo preguntas sobre los británicos que se habían marchado de España.

—¿Qué aspecto tenía?

—Pelo castaño y liso, ojos pequeños, piel bronceada.

—Zorra estúpida, ésa era Agatha Raisin; seguro que se ha olido algo. ¿Qué le has dicho?

—Le he contado que no nos fue bien el bar. ¿Cómo iba a saber yo que...?

Jack se paseaba de un lado a otro. ¡Con lo caro que le había salido alimentar a esa foca en el Savoy! ¡Y el dinero que le había costado convencer a sus dos amigos actores para que se hicieran pasar por hombres de negocios! Tal vez todavía pudiera recuperar algo.

Agatha recogió sus cosas y se cambió de apartamento, con lo que perdió el dinero que había pagado por adelantado. Se trasladó a otro edificio de apartamentos de alquiler en Knightsbridge, detrás de Harrods, con la idea de asistir a algún espectáculo y comer en buenos restaurantes antes de volver a sepultarse en aquella tumba llamada Carsely. Además sabía que Jack iría a buscarla, y no le hacía gracia la idea de enfrentarse a él, porque, como a todos los que han sido engañados, la avergonzaba su propia credulidad.

Por eso cuando Jack Pomfret, sudando a pesar del frío, llamó a su anterior apartamento no encontró a nadie. Los dueños no sabían que ella se había ido, porque no había devuelto las llaves, y dieron por sentado que se encontraba fuera, así que Jack siguió llamando desesperadamente los días siguientes, hasta que tuvo que admitir que había pocas esperanzas de sacarle dinero a Agatha Raisin.

Aparte de ir a espectáculos y restaurantes, Agatha llevó a su nuevo gato a una clínica veterinaria de urgencias en Victoria. Allí se enteró de que era hembra y le puso las vacunas pertinentes, convencida de que le costaría lo mismo cuidar dos gatos que uno. A pesar de su sexo, la llamó *Boswell*, con la vaga intención de mantener las referencias literarias.

Una noche volvía del teatro por Leicester Square, pensando con orgullo en lo rápido que se había adaptado de nuevo a la vida urbana, cuando un chico intentó robarle el bolso. Agatha lo agarró como si le fuera la vida en ello y finalmente le asestó una fuerte patada en la espinilla. El atracador se fue corriendo. Los transeúntes la miraban con curiosidad, pero nadie le preguntó si se encontraba bien. Los que viven en la ciudad, pensó Agatha, siempre están alerta cuando van por la calle, desarrollan un instinto especial para oler el peligro. Al instalarse en la adormilada Carsely, donde a menudo ni se molestaba en cerrar el coche por la noche, ese instinto había desaparecido. Siguió caminando con resolución, avanzando con pasos confiados que decían: «Ni se os ocurra asaltarme: estoy lista para repeler el ataque.» Eran los andares de alguien que conoce la ley de la calle.

Al cabo de una semana, Agatha regresó a Carsely, en esa ocasión con dos cestos.

Por primera vez tuvo la extraña sensación de que regresaba a casa. Era un día soleado y se notaba una leve sensación de calidez en el aire. Los copos de nieve revoloteaban tímidamente en los umbrales de las casas del pueblo.

El veterinario Paul Bladen volvía a rondarle por la cabeza. Ahora que tenía un gato nuevo estaba más que justificada una visita para que le hiciera una revisión. Por otro lado, si daba crédito a las palabras de Bill Wong, a Paul Bladen no le gustaban los gatos. Al final decidió pasarse y decir que su gata necesitaba una pomada para los ojos.

Sin embargo, sólo se había creído a medias a Bill Wong, así que le sorprendió encontrarse la sala de espera vacía. La señorita Mabbs la miró con aire aburrido por encima de una revista hecha trizas y le dijo que el señor Bladen estaba en las cuadras de lord Pendlebury, pero que no tardaría en volver. Agatha decidió esperarlo.

Al cabo de una hora Paul Bladen entró en la sala de espera, la saludó con un gesto brusco de cabeza y desapareció por la puerta de su consulta. Minutos después, cuando Agatha estaba a punto de marcharse, la señorita Mabbs le dijo que pasara.

Paul Bladen escuchó la historia de Agatha sobre la infección ocular del gato y garabateó una receta, diciéndole que no le quedaba pomada pero que podía conseguirla en la farmacia de Moreton-in-Marsh. Y se quedó esperando a que se marchara.

—¿No cree que me debe una explicación? —preguntó Agatha—. Intenté ir a aquel restaurante de Evesham, pero nevaba tanto que tuve un accidente. Lo llamé, pero una mujer contestó el teléfono y dijo que era su esposa. Pensaba que tendría usted la decencia de llamarme.

De pronto se volvió encantador.

—Señora Raisin, no sabe cómo lo siento. Hacía un tiempo espantoso, creí que ni siquiera intentaría ir a la cita. La mujer que respondió la llamada era mi hermana, que estaba bromeando. Perdóneme. Mire, ¿qué le parece si cenamos esta noche? Hay un restaurante griego nuevo en Mircester, cerca de la abadía. Podemos quedar allí a las ocho.

Lo dijo sonriendo y mirándola a los ojos, y en ese instante Agatha no pudo evitar recordar con amargura a Jack Pomfret. Vaciló y echó un vistazo por la ventana de la consulta. Pero, al mirarlo de nuevo, vio al James Lacey de siempre. Alto, fornido, guapo, bronceado. Con cristalinos ojos azules y el pelo negro y tupido tan sólo jaspeado de canas en las sienes. James Lacey, paseándose con zancadas fluidas y amplias por la consulta, como si no tuviera ninguna preocupación en el mundo.

—Me encantaría —dijo—. Nos vemos allí.

Cuando Agatha llegó a casa, estaba sonando el teléfono. Lo cogió y oyó la voz de Jack Pomfret al otro lado de la línea.

—Agatha, Agatha, puedo explicártelo...

Agatha colgó el aparato con fuerza. Volvió a sonar de inmediato.

Lo cogió con rabia.

—Mira, que te den, estafador inútil —le espetó—. Si crees que...

—Señora Raisin, soy yo, Bill.

—¡Uf! Te he dicho que me llames Agatha.

—Lo siento. Agatha. ¿Así que los negocios no han ido como esperabas?

—No —dijo bruscamente Agatha.

—Una pena. ¿Te apetece cenar conmigo esta noche?

—¿Qué?

—Tú, yo, cena.

Bill Wong tenía veintitantos años, así que cualquier invitación a cenar no estaba motivada más que por la amistad. Sin embargo, se sintió halagada y casi tentada de dejar colgado al veterinario. Pero la edad de este último se acercaba más a la suya.

—Tengo una cita, Bill. ¿La semana que viene?

—Muy bien. Aunque es probable que nos veamos antes. ¿Con quién has quedado? ¿Con Lacey?

—No, con el veterinario.

—¿Huyendo del fuego para caer en las brasas, Agatha?

—¿Qué quieres decir? ¿Insinúas que va detrás de mi dinero? Pues permíteme que te diga, Bill Wong, que muchos hombres me encuentran atractiva.

—Claro, claro. Hablaba por hablar. Nos vemos. Sólo era una broma. Además, seguro que está forrado.

3

Agatha se probó una prenda detrás de otra hasta que se rindió y optó por ponerse una blusa y una falda viejas. Cuando estaba a punto de salir, se dio la vuelta corriendo, se quitó la ropa y se enfundó el *body*, el vestido de Jean Muir, las perlas y un par de pestañas postizas que había comprado en Londres.

James Lacey la vio irse en coche. Reparó en que su vecina ya no pasaba lentamente por delante de su casa ni se asomaba ansiosa por la ventanilla.

Agatha condujo por la Fosse Way, la antigua calzada romana, hasta Mircester, un pueblo centenario de calles adoquinadas dominado por una enorme abadía medieval. Encontró el restaurante sin problemas. Desde fuera, con las cortinas corridas, el local tenía aspecto de tienda lóbrega más que de restaurante, pero estaba segura de que el interior sería cálido y elegante.

Se llevó una desagradable sorpresa al entrar en el Stavros. El suelo era de linóleo agrietado y las mesas estaban montadas con hules a cuadros. De las paredes pendían unas cuantas fotos bastante deslucidas de paisajes típicos de Grecia, como la Acrópolis, Delfos y demás.

Paul Bladen se levantó para saludarla. Llevaba su viejo traje de tweed y una camisa sin corbata.

—Está espléndida —dijo a modo de saludo.

—No sabía que sería un restaurante tan... tan pintoresco —dijo Agatha al sentarse.

—La comida compensa la decoración.

Le sirvió un vaso de retsina de una jarra, y Agatha dio un sorbo que le supo, si bien no lo dijo, a gasolina aguada, aunque esperaba que el contenido alcohólico fuera lo bastante alto para infundirle ánimos.

La camarera, extremadamente delgada y con un maquillaje blanco cadavérico, parecía salida de un casting para *El retorno de las zombies*. Se acercó a la mesa con una libreta.

—¿Qué les pongo? —preguntó lacónicamente.

En circunstancias normales Agatha le habría dicho que se largara y le diera tiempo para elegir, pero esa noche había decidido interpretar el papel de mujer femenina y sumisa, así que, abanicando a Paul con sus pestañas postizas, dijo:

—Elija por mí.

Lo que se suponía que eran unas hojas de parra rellenas de arroz llegaron a la mesa con sospechosa premura. Agatha las pinchó y concluyó que las hojas eran de col y el arroz estaba pasado, así que se dedicó a romper el pequeño envoltorio y esparcir el contenido por el plato para dar la impresión de que al menos había comido algo.

Mientras tanto, Paul Bladen no paraba de hablar de sus planes para dotar a Carsely de un servicio veterinario de calidad, y también pidió otra jarra grande de retsina. Agatha se estaba bebiendo todo lo que no comía.

—Y ahora —sonrió y la miró a los ojos—, hábleme de usted. ¿Cómo es que una dama tan elegante ha acabado viviendo en un pueblo de los Cotswolds?

Una Agatha sobria le habría dicho que los Cotswolds no sólo estaban de moda sino que acogían a mucha gente interesante, pero la Agatha achispada se sintió halagada y le contó que había soñado con tener una casa en el campo desde pequeña, así que había montado una empresa de éxito, la había vendido y se había jubilado joven.

—*Muy* joven —añadió.

Él alargó la mano por encima de la mesa y cogió la de Agatha.

—No ha mencionado a su marido.

Agatha se encogió de hombros.

—Lo dejé hace muchos años. Supongo que ya habrá muerto.

Agatha no se había tomado la molestia de divorciarse. La mano de Paul era cálida, seca y firme. Ella tuvo la impresión de que le faltaba el aliento y se mareaba, ¡como si aquélla fuera su primera cita!

—Sólo hablo yo —concluyó Agatha por fin—; ¿qué me cuenta de usted?

—Estoy trabajando en mi sueño. Planeo fundar una clínica veterinaria de primera, pero eso requiere dinero —dijo, y le soltó la mano porque en ese momento la camarera les puso delante dos pasteles pringosos, bañados en miel líquida, y dos tazas de fango negro que pretendían hacer pasar por café griego.

—Debería comentárselo a la Asociación de Damas de Carsely —le aconsejó Agatha—. Son muy buenas recaudando fondos.

—Pero, a diferencia de usted, me parecen demasiado provincianas para captar una idea tan ambiciosa.

—Yo no diría eso —repuso Agatha pensando en la señora Bloxby—. Trabajan con verdadera dedicación... Le diré qué podemos hacer. Yo misma haré una contribución para empezar su financiación.

Veinte libras, pensó Agatha caritativamente. Después de todo, él paga esta cena repugnante.

Él volvió a cogerle la mano.

—Parece que no le gusta el café.

—Prefiero el de filtro.

—Entonces vayamos a mi casa a tomar uno —dijo Paul, acariciándole la palma con el pulgar.

Bueno, ya está, pensó Agatha, mientras conducía tras el coche del veterinario a través de las calles oscuras y serpenteantes del casco antiguo, para esto es para lo que me he arreglado tanto. Sin embargo, la euforia etílica de la cena empezaba a evaporarse.

Paul, en el coche de delante, se paró frente a una pequeña villa victoriana de las afueras del pueblo. Ella lo siguió por el recibidor en penumbra; de pronto él se dio la vuelta y sonrió de forma claramente lasciva. Agatha entró en pánico. ¡Sexo! Ahí estaba, y con él, todos sus miedos. No se había depilado las axilas. ¿Y si no era lo bastante... mmm, lo bastante ágil? En la casa hacía frío. Se le estaba soltando una de las pestañas postizas. Lo notaba. ¿Y si tenía que desnudarse delante de él y la veía retorciéndose para poder quitarse el *body*?

—Tengo que irme —dijo de repente—. Se me ha olvidado dejar agua a los gatos.

—Agatha, Agatha, estarán bien. Ven aquí.

—Estoy esperando una llamada muy importante de Nueva York y... Quiero decir que gracias por la cena. La próxima vez invito yo. De verdad, tengo que irme.

Agatha salió corriendo por el sendero del jardín, dando trompicones con los tacones. Abrió el coche, se puso al volante de un salto y arrancó a toda prisa; no sintió menguar el pánico hasta que estuvo bien lejos, en la carretera de vuelta a casa. Cuando iba por la Fosse

Way, un coche de policía apareció en su retrovisor. Recordó todo lo que había bebido y rezó para que no la pararan y le hicieran soplar. Redujo la velocidad a cincuenta; el coche de policía se apartó y la adelantó.

Estaba desconcertada por su reacción ante el atractivo veterinario. Hacía mucho que no se acostaba con nadie. Qué tonta había sido. No se le ocurrió pensar que quizá le repugnaba el sexo sin amor. Era una idea demasiado anticuada para admitirla, y Agatha Raisin era una mujer muy moderna.

Al día siguiente, Paul Bladen volvió a las cuadras de lord Pendlebury. Se disponía a realizar una operación Hobday a un caballo de carreras para que el animal respirase bien y dejara de «rugir», lo que implicaba cortarle las cuerdas vocales. Preparó una jeringuilla con Immobilon para anestesiar al animal. A su lado, en una mesita tambaleante que él mismo había llevado al establo, dejó un frasco de cristal de Revivon para inyectárselo al caballo cuando terminara la operación, y también otro frasco de Narcan, un potente antídoto, por si se pinchaba accidentalmente con la aguja de Immobilon y el opiáceo entraba en su torrente sanguíneo.

—Muy bien, chico, tranquilo, tranquilo —dijo, dando palmadas en el hocico al caballo, que se removía y relinchaba.

Le irritaba que lord Pendlebury ni siquiera se hubiera molestado en proporcionarle un mozo de cuadras que le echara una mano. El sol entraba por la puerta abierta del establo, trazando un enorme rectángulo dorado sobre los adoquines a sus pies. Levantó la jeringuilla para pinchar al caballo en la yugular. El marco dorado se oscureció como si una nube hubiera pasado por delante del sol. Entonces algo lo golpeó con violencia en la nuca y el veterinario se desplomó.

Aturdido, pero no inconsciente, se dio la vuelta tirado sobre los adoquines.

—¿Qué demonios está...? —alcanzó a decir.

Una mano le quitó la jeringuilla y se la clavó en el pecho. Él se arrastró frenéticamente hacia la mesa donde se encontraba el antídoto. Incluso el Revivon, el medicamento que debía despertar al caballo, le serviría si no alcanzaba el Narcan, pero la mesa estaba volcada y Paul Bladen murió a los pocos segundos.

Agatha se enteró de su muerte al día siguiente, por Bill Wong, y su primera reacción fue sentir un alivio egoísta. El veterinario ya no andaría por ahí pregonando a los cuatro vientos cómo había huido despavorida de su casa.

Agatha había sustituido la cocina eléctrica por una tradicional de la marca Aga; había dejado la puerta del horno abierta, y dentro ardía con viveza un fuego de leña. En el alféizar, tenía un jarrón con narcisos tempranos de las islas del Canal de la Mancha. Había desaparecido también la mesa de plástico cuadrada, que había reemplazado por una de madera maciza con la superficie bien pulida.

—Fue un trágico accidente —le contó Bill—. Algunos veterinarios no quieren trabajar con Immobilon. Es letal. Hace poco hubo un veterinario que se guardó la jeringuilla con el opioide en el bolsillo del pecho y se acercó al caballo. El animal le dio una coz en el pecho, la aguja pinchó al veterinario y se acabó. Murió casi al instante.

—Sería de esperar que ellos mismos dispusieran de algún tipo de antídoto —dijo Agatha.

—Sí, lo tienen, aunque casi nunca les da tiempo a utilizarlo. En el caso de Paul Bladen, el frasco estaba en una mesita, pero o bien lo volcó él mismo al caerse o bien lo tiró el caballo.

—¿Quieres decir que es como el cianuro? ¿Que te retuerces de dolor?

—Ahora que lo pienso, no —le dijo Bill—. Es una buena forma de suicidarse..., rápida e indolora. Sólo había una cosa rara.

—¿Cuál? —preguntó Agatha, con los ojos resplandecientes.

—No, no es tan rara. No ha sido un asesinato. Pero tenía un moratón en la nuca, aunque, claro, se debe dar por supuesto que se lo hizo al golpearse la cabeza al caer, aunque yacía de costado cuando lo encontraron. Tenía las puntas de los dedos tocando la mesa, como si hubiera intentado alcanzar el antídoto.

—¿Y estaba solo?

—Sí. Y la razón, leyendo entre líneas la declaración de lord Pendlebury, es que Bladen había pedido ayuda con prepotencia. Lord Pendlebury le dijo que el personal de sus cuadras estaba ocupado y luego se encargó de que así fuera. Era sólo una operación para que el caballo dejara de rugir al respirar. En el hipódromo hay un montón de caballos de carreras que respiran haciendo ese rugido.

—Suena a salvajada.

—Todo lo que tiene que ver con animales es salvaje.

James Lacey remoloneaba delante de la puerta de Agatha. Ella le había preparado un pastel dos meses antes y tenía que devolverle la bandeja. Lo había estado posponiendo. Pero el hecho de que Agatha aparentemente hubiera dejado de perseguirlo le había infundido valor. Llamó al timbre, pensando que, con un poco de suerte, ella andaría por el pueblo y podría dejar la bandeja en el umbral.

Pero Agatha abrió la puerta.

—Pase y tómese un café —le dijo al recoger la bandeja—. Estamos en la cocina.

El plural lo animó a pasar. Estaba escribiendo un libro de historia militar y, como la mayoría de los escritores, se pasaba el día buscando excusas para no tener que escribir.

Conocía a Bill Wong y lo saludó con la cabeza. James se sentó con una taza de café, aliviado al comprobar que efectivamente Agatha no lo miraba con la intensidad habitual.

—Justo estábamos hablando de la muerte de Paul Bladen —dijo Agatha. Le contó lo que había ocurrido.

El coronel retirado despreciaba lo que denominaba «cotilleos de mujeres», y se habría quedado de piedra si alguien le hubiera dicho que, como el resto de la especie humana, él también era un cotilla.

—No me sorprende que un hombre al que detesta tanta gente acabe así —comentó con tono animado.

—Pero no lo mataron —se quejó Agatha.

La gente que no se considera cotilla suele ser la que más lo es, así que James Lacey insistió:

—¿Cómo puede estar segura? —preguntó—. Para empezar, ¿se ha enterado de lo de la pobre señora Josephs? Ya sabe lo mucho que quería a aquel viejo gato suyo, *Tewks*. Bueno, ella iba con frecuencia a ver a Bladen con una excusa u otra, y un buen día él le pidió que le dejara el gato para hacerle una revisión completa. Cuando ella volvió a por su querida mascota, se encontró con que él la había sacrificado. Dijo que el gato era demasiado viejo y que había que ahorrarle aquel sufrimiento. La señora Josephs se quedó desconsolada.

»Luego está la señorita Simms. Acudía a la consulta con cualquier pretexto. La última vez que fue, me contó, y yo la creo, el gato estaba enfermo de verdad. No paraba de rascarse. Bladen le soltó que el animal tenía pulgas, que no le hiciera perder el tiempo y que limpiara mejor su casa. Ella llevó el gato a su antiguo veterinario, que le dijo que el animal tenía una alergia. La señorita Simms se presentó en la consulta de Bladen y lo puso de vuelta y media. Sus gritos se oyeron por todo el pueblo. Bladen le dijo a Jack Page, el granjero, que estaba harto de esas mujeres y sus deprimentes mascotas. Sólo tenía tiempo para los animales de verdad, los que trabajaban.

—Eso debió de pasar mientras yo estaba en Londres —dijo Agatha—. Porque cuando abrió la consulta iban todas.

—Porque estaban todas locas por él —prosiguió James—. Pero entonces, por alguna razón, empezó a mostrarse desagradable con algunas. Aunque todavía las hay que creen que es el mejor veterinario... Bueno, que lo era.

—¿Quiénes? —preguntó Bill.

—La señora Huntingdon, esa forastera tan guapa del terrier jack russell; la señora Mason, la presidenta de la Asociación de Damas de Carsely; Harriet Parr, esa señora que vive en la parte baja del pueblo; y la señorita Josephine Webster, la que tiene esa tienda donde parece que sólo venden flores secas.

—¡¿Y cómo se ha enterado de todo eso?! —exclamó Agatha, y entonces se ruborizó, porque en ese momento se dio cuenta de que las mujeres del pueblo lo habían perseguido tanto como a Paul Bladen.

—Ah, la gente me cuenta cosas —contestó él sin entrar en detalles.

—Tú fuiste a cenar con Bladen. —Bill Wong se había vuelto hacia Agatha—. La noche anterior a su muerte, de hecho, te pregunté si querías cenar conmigo y me dijiste que no podías porque habías quedado con él.

—¿Y qué? —preguntó Agatha.

James Lacey la observó con curiosidad. Resultaba bastante atractiva, supuso, aunque sus formas fueran un tanto agresivas. De hecho, ahora que ya no lo acosaba, se fijó en que tenía rasgos bonitos. Una figura cuidada, a pesar de su complexión fornida, unas piernas preciosas, los ojos pequeños pero inteligentes y el cabello brillante y sano, alisado y cortado sin duda por un peluquero caro.

—Pues que me interesa —indicó Bill—, ¿adónde fuisteis a cenar?

—Al nuevo griego de Mircester.

—Un antro horrible —dijo James—. Llevé a alguien a cenar allí y no volveré en la vida.

Agatha se preguntó de inmediato a quién habría llevado a cenar, pero señaló:

—No averigüé gran cosa sobre él. Ah, me contó que su sueño era abrir una clínica veterinaria.

—Ajá —dijo Bill con malicia—, intentó sacarte dinero, ¿verdad?

—¡No, para nada! —gritó Agatha y, más tranquila, añadió—: Puede que te sorprenda, pero yo le gustaba.

—Me alegro. Quiero decir, que ya lo habías pasado bastante mal en Londres con ese tipo que intentó timarte —dijo Bill.

—¿Más café? —lo cortó Agatha, clavándole una mirada asesina.

—Sí, por favor —contestó James Lacey.

—Yo no —dijo Bill—, tengo que volver al trabajo.

Y salió de la cocina demasiado rápido para que James pudiera cambiar de opinión y escaparse. Resuelta a parecer todo lo distante y fría que fuera posible, Agatha le sirvió otra taza de café y se sentó al otro extremo de la mesa, lo más alejada de él que pudo. Más por decir algo que porque le interesara realmente, preguntó:

—¿Así que cree que podrían haber asesinado a Paul Bladen?

—Sí, lo he pensado. Es decir, me parece que habría sido fácil. Te acercas con sigilo a él cuando ha llenado la jeringuilla, le das un golpe en la cabeza... No, no fue así. No lo golpearon en la cabeza.

—No lo sabemos —contestó Agatha—. A ver, tenía una contusión. Concluyeron que podría habérsela hecho al caer al suelo, pero estaba tirado de costado.

—Supongo que la policía sabe lo que hace —dijo James—. Me refiero a que, si hubiera habido alguien rondando por las cuadras de lord Pendlebury, lo habrían visto. Estamos en el campo. Uno no puede ir por ahí a hurtadillas tan campante, como en la ciudad.

—Me pregunto... —comenzó Agatha—. Me gustaría ver esas cuadras. ¿Conoce a lord Pendlebury?

—No. Pero sólo tiene que pasarse por su casa y pedirle que colabore en alguna de esas obras de caridad para las que siempre está recaudando dinero. Cuando se vaya de la casa, se acerca a las cuadras como quien no quiere la cosa y echa un vistazo.

—Ojalá pudiera acompañarme —dijo Agatha.

Él la miró con nerviosismo, pero ella no lo había dicho para coquetear. James Lacey pensó en el trabajo pendiente, en los placeres de la escritura.

—No veo por qué no. Podríamos acercarnos esta tarde; pongamos a eso de las dos.

—Es muy amable por su parte —respondió Agatha con calma.

Lo acompañó hasta la puerta, se despidió de él y luego se marcó unos pasos de danza guerrera en el recibidor. Lo imposible estaba a punto de ocurrir. Iba a pasar una tarde con James Lacey.

A las dos en punto, harta de probarse ropa, Agatha se vistió con un suéter rojo cereza, una sencilla falda de tweed, zapatos gruesos de cuero y un abrigo de piel vuelta y borreguito. Esperó junto a la ventana de la sala de estar, que daba a la fachada. Al rato lo vio llegar, con sus amplias zancadas. Aunque en la cincuentena, Lacey todavía era un hombre guapo. Más de metro ochenta, abundante mata de pelo negro, ligero atisbo de canas en las sienes, ojos alegres y nariz poderosa. Llevaba un jersey de caza apolillado, con hombreras de ante desgastadas, una camisa a cuadros y pantalones de pana verde oliva. Agatha se dio el gusto de echarle un buen repaso, porque en persona tenía la intención de mostrarse fría y distante.

El hogar de lord Pendlebury, Eastwood Park, se hallaba al final de un largo camino de acceso que salía de la carretera del pueblo. Agatha estaba eufórica; hasta entonces sólo había pisado el interior de una gran mansión como turista. Se preguntó si debía hacer una reverencia —no, eso se reservaba para la realeza—, ¿y tenía que dirigirse a él como «milord»? Lo mejor era ver qué hacía James Lacey e imitarlo.

Entraron con el coche y aparcaron delante de una de esas mansiones laberínticas de los Cotswolds, por lo general mucho más grandes de lo que parecían. No abrió la puerta un mayordomo, sino una mujer del pueblo, la señora Arthur, vestida con un mono y apartándose mechones de pelo gris de los ojos. La señora Arthur era miembro de la Asociación de Damas de Carsely, pero Agatha no sabía que trabajara para lord Pendlebury.

—Quería preguntarle a lord Pendlebury si sería tan amable de colaborar en nuestra recaudación para Save the Children —dijo Agatha.

—Pues pregúntele. Por preguntar que no quede, digo yo —contestó la señora Arthur, pero no se movió.

—¿Y por qué no se acerca a ver si lord Pendlebury puede recibirnos? —sugirió James Lacey.

—Eso es mucho pedir. Está en su estudio, allí —dijo la señora Arthur, señalando con el pulgar hacia una puerta que había al final del pasillo.

Era todo muy decepcionante, pensó Agatha, mientras seguía a James Lacey por el pasillo. Al menos debería haber un mayordomo que llevase su tarjeta de visita en una bandeja de plata, pero fue James quien le abrió la puerta del estudio para que pasara.

Lord Pendlebury, sentado en un maltrecho sofá de cuero, ante una chimenea con un fuego que agonizaba, dormía profundamente.

—Bueno, esto es lo que hay —susurró Agatha.

James se acercó a la ventana.

—Las cuadras están en la parte de atrás —dijo sin molestarse en bajar la voz—. Puede verlas desde aquí.

—Chist —lo apremió Agatha.

En la sala reinaba el más absoluto silencio. Forrada de libros, en penumbra, con dos paredes llenas de obras encuadernadas en piel de becerro, una gran mesa, pequeños jarrones con flores silvestres sobre mesitas extrañas, y el solemne tictac de los relojes, que agudizaba el silencio.

—¿Quién es usted?

Lord Pendlebury se había despertado y miraba fijamente a Agatha, que dio un respingo.

—Soy Agatha Raisin, de Carsely. El caballero que me acompaña es el señor Lacey. —Le habría gustado llamarlo «coronel», pero estaba segura de que a James no le habría hecho gracia—. Estoy recaudando fondos en nombre de la Asociación de Mujeres de Carsely para Save the Children.

Como un estadounidense jurando lealtad a su país, lord Pendlebury se llevó la mano al pecho, sin duda para proteger su cartera.

—Ya he donado para Cancer Research —dijo.

—Pero esto es para Save the Children.

—No me gustan los niños —soltó lord Pendlebury, malhumorado—. Hay demasiados. Váyanse.

Agatha abrió la boca para soltarle cuatro frescas, pero James Lacey se apresuró a intervenir.

—Tiene unas cuadras espléndidas, señor. ¿Le importa que nos acerquemos a echar un vistazo?

—Tanto da que me importe, ¿no? —dijo lord Pendlebury—. Un terrateniente ya no puede disfrutar de ninguna intimidad. Si no son fisgones como ustedes, son los malditos ecologistas, que irrumpen en mis tierras con sus mochilas, comiendo barritas de cereales y tirándose pedos. ¿Sabe qué es lo que daña la capa de ozono? Los fanáticos de la comida sana, que comen ese horrendo salvado de avena y las malditas barritas de nuez y luego se van tirando pedos por el campo. Soltando gases y ventosidades venenosas. Hay que acabar con ellos.

—Exacto —comentó James con indiferencia mientras Agatha fulminaba a lord Pendlebury con la mirada.

—Usted no parece mal tipo —dijo lord Pendlebury, observando a James en la penumbra del estudio—. Aunque esa mujer parece una «sabotacadora de la caza», una de esas locas amantes de los zorros.

—Escúcheme —dijo Agatha acercándose a él.

James la agarró con fuerza del brazo y la llevó hacia la puerta.

—Gracias por su amable invitación, lord Pendlebury —indicó por encima del hombro—. Nos encantará ver las cuadras.

—Viejo maleducado —estalló Agatha cuando salieron al pasillo.

James se encogió de hombros.

—Es un hombre mayor. Déjelo en paz. Podemos ver las cuadras, a eso hemos venido.

Pero Agatha seguía dolida. Sentía que Lord Pendlebury le había faltado al respeto; peor aún, que la había calado —a pesar del jersey y el abrigo de piel vuelta y borrego, ambos carísimos— y había descubierto su alma de clase obrera.

—Voy a tener una charla muy seria con la señora Arthur —dijo Agatha mientras caminaban juntos hacia la zona de cuadras—. Seguro que ganaría más trabajando en una fábrica o un supermercado.

—Su marido y ella trabajan para lord Pendlebury —señaló James Lacey—. Tienen casa gratis en la finca y todas las verduras que quieran del huerto. Además, usted quiere convencer a la señora Arthur de que se vaya sólo para vengarse del anciano, que la ha tomado por una flatulenta defensora de los zorros.

Ésa era la verdad, y Agatha pensó que, bien mirado, James estaba resultando ser un hombre poco interesante y carente de encanto. Otra cosa que la molestaba era que, aunque llevaba menos tiempo que ella en el pueblo, James Lacey parecía conocer a una cantidad considerable de gente. Saludó al preparador de los caballos de lord Pendlebury, Sam Stodder, y se lo presentó a Agatha.

—Lord Pendlebury ha dicho que podíamos dar una vuelta por las cuadras, señor Stodder —le explicó James—. Qué desgracia lo de la muerte del veterinario.

—Sí, muy triste. Pasó ahí mismo. Estaba operando a *Sparky* para que dejara de rugir.

—¿Y no había nadie por aquí?

—No. Lord Pendlebury había sacado una potra nueva al prado y nos llevó a todos para que la viéramos. Estábamos charlando y fumando mientras la mirábamos, porque son pocas las veces que el viejo nos deja holgazanear. El hombre no se cansa nunca. Entonces Bob Arthur, que trabaja para el señor, se apartó y dijo que iba a ver qué hacía el veterinario, y al cabo de nada volvió llorando y gritando que Bladen estaba muerto. «Parece que alguien se lo ha cargado», dijo, y entonces el señor ordenó que llamáramos a la policía.

—¿Y ocurrió ahí? —preguntó Agatha, acercándose al ala derecha de las cuadras.

Los dos hombres la siguieron. No había nada que ver. La hilera de boxes de las caballerizas se perdía en la penumbra, con las cabezas de los caballos asomando.

—Es la zona más antigua de las cuadras —afirmó Sam—; en las demás, los boxes dan directamente al patio y no hacia dentro, como éstos.

Agatha observó el suelo con atención, pero no había nada que ver, ni siquiera un fragmento de cristal.

—¿Por qué dijo el señor Arthur que parecía que se lo hubieran cargado? —preguntó.

—Supongo que porque no era muy popular. Un genio con los caballos, eso sí. Lord Pendlebury lo tenía por un insolente y prefería al señor Rice, el socio de Bladen en Mircester, pero al señor Rice no le cae bien lord Pendlebury, eso está claro, así que se inventa excusas para no venir.

—No creo que lord Pendlebury le caiga bien a nadie, es un viejo horrible —dijo Agatha.

—Puede pensar lo que prefiera, claro —contestó Sam—, pero no espere que ninguno de los que estamos aquí diga una mala palabra sobre el viejo. Claro que usted no lleva en la zona tanto tiempo como el señor Lacey, porque en ese caso ya sabría que las críticas al señor no son bienvenidas. No, no lo son.

—Llevo por aquí bastante más tiempo que el señor Lacey —replicó Agatha, ofendida.

—Bueno, hay gente que se adapta y gente que no —le soltó Sam—. Buenas tardes. —Y se tocó la gorra y se marchó.

—Menudo palurdo, aún vive en la época feudal —dijo Agatha.

—Sam es un buen hombre y, en este caso, los palurdos somos nosotros.

—¿Qué?

—Metemos las narices donde nadie nos llama. ¿Qué pintamos aquí, señora Raisin?

—Llámame Agatha.

—Agatha. El veterinario murió a causa de un desgraciado accidente.

—No estoy tan segura —dijo Agatha, más por llevar la contraria que porque lo creyera de verdad.

Dieron la vuelta hasta la fachada de la casa, donde habían dejado aparcado el coche. Tras las carísimas reparaciones, había quedado como nuevo. Lord Pendlebury se les acercó. Su figura espigada, de garza, se aproximaba a grandes zancadas.

—¿Qué creen que están haciendo? —soltó con tono enojado—. Hay un día de puertas abiertas al año, el uno de junio; salvo ese día, ¡fuera de una propiedad privada!

—Somos nosotros —contestó James Lacey con paciencia—. Usted nos ha dado permiso para ir a ver sus cuadras.

Los ojos del anciano, blanquecinos y lacrimosos, parpadearon y luego se centraron en Agatha.

—Ah, la saboteadora de la caza —dijo—. La gente a la que uno tiene que aguantar en estos tiempos.

Se encaminó hacia las cuadras, dejando a James divertido y a Agatha cabreada.

—No puede decirse que seas su preferida —dijo James.

—Ese hombre está senil —le espetó Agatha.

Siempre que había visitado alguna mansión señorial se había entretenido delante de las áreas privadas acordonadas soñando con que algún miembro de la familia propietaria la reconocía como una de los suyos y la invitaba a tomar el té. En ese momento, la fantasía le pareció totalmente ridícula.

Llevó a James de vuelta al pueblo, sintiéndose dolida, torpe e inepta. Él la miraba de soslayo y algo lo impulsó a decir:

—Hace siglos que no voy al Red Lion. ¿Te apetece tomar algo esta noche?

El ánimo de Agatha se disparó como un faisán que alzara el vuelo ante las ruedas de su coche y saltara por encima del seto del arcén. No obstante, mantuvo el tono suave y relajado.

—Estaría bien. ¿A qué hora?

—Ah, a eso de las ocho. Tengo que ir a hacer unos recados a Moreton, así que nos vemos allí.

James ya empezaba a arrepentirse de la invitación, a pesar de que seguía sin percibir la mirada depredadora que antes veía en los ojos de Agatha. No había ni rastro de ella.

Ya en casa y suponiendo que él no se molestaría en cambiarse, Agatha se contuvo y tampoco se cambió de atuendo. Dio de comer a los gatos, jugó un poco con ellos e intentó no mirar el reloj. La emoción se intensificaba a medida que se acercaban las ocho. Aunque había estado aprendiendo a cocinar con la ayuda de la señora Bloxby, metió una lasaña congelada en el microondas para no perder tiempo preparando nada complicado para la cena. Sabía a rayos. ¿Cómo era posible que antes comiera siempre cosas así?

Mientras caminaba hacia el Red Lion, la luz de la luna llena lo bañaba todo de plata, perfilando las esqueléticas ramas de los árboles contra el fondo del cielo estrellado. Verbenas blancas y rosas perfumaban el aire, lo que hizo que Agatha pensara, sin mucho romanticismo, en jabón de baño caro. Exactamente a las ocho y tres minutos, abrió la puerta del Red Lion.

James Lacey ya estaba dentro del pub de techo bajo, sentado a la barra y hablando con el dueño.

—¿Qué vas a tomar? —preguntó a modo de saludo.

—Un gin-tonic —contestó Agatha, que se acomodó alegremente en un taburete.

—Me preguntaba... —empezó a decir él mientras pagaba la copa.

Pero Agatha nunca llegaría a saber qué se preguntaba porque se abrió la puerta del pub, y el ladrido de un jack russell y un denso olor a perfume francés anunciaron la llegada de la señora Huntingdon, la última forastera que se había instalado en Carsely.

Para consternación de Agatha, James dijo:

—Buenas noches, Freda. ¿Qué quieres tomar? ¿Conoces a Agatha Raisin? Agatha, ésta es Freda Huntingdon.

Así que Freda, ¿eh?, pensó Agatha con tristeza. La viuda llevaba un chaleco de color cereza, un jersey negro de cachemira y una minifalda de lana negra. Sus piernas, enfundadas en unas medias negras finas, eran muy bonitas.

—Sentémonos a aquella mesa —dijo James tras invitar a Freda a un whisky con agua.

—Tal vez Freda haya quedado con alguien —insinuó Agatha esperanzada.

—No —dijo ella con la voz ronca—, he venido sola. Pensé que a lo mejor te encontraba aquí, James. ¿Cómo va el libro?

¡Qué confianzas! ¡James! ¡Freda! ¡Maldita sea! Agatha se dejó caer en una de las sillas de la mesa situada junto al fuego y se esforzó para que su cara no delatara la amarga decepción que sentía.

—El libro no va muy bien —dijo James—. Aprovecho cualquier excusa para no ponerme a escribir. Esta mañana he descongelado la nevera, y por la tarde la señora Raisin...

—Agatha, por favor.

—Lo siento, Agatha y yo hemos ido a ver a lord Pendlebury.

—¿No os ha parecido un abuelete muy campechano? —murmuró Freda—. De la vieja escuela.

—¿Lo conoce? —preguntó Agatha.

—Hablé con él delante de la iglesia el domingo pasado —dijo Freda—. Me pareció un encanto.

—No creo que a Agatha le haya parecido tan encantador —dijo James—. La ha tomado por una saboteadora de la caza.

Freda Huntingdon se rió con ganas. Su perro se meó en la pata de la mesa; ella dijo «uy, uy, uy», cogió en brazos a la asquerosa criatura, que no paraba de ladrar, y la acunó en su regazo.

—¿Has visto la última película de *Star Trek*, James? —preguntó Freda, que se encendió un cigarrillo y exhaló una nube de humo en dirección a Agatha.

—No he visto ninguna película de *Star Trek*, y mucho menos la última —respondió James.

—¡Pues deberías! Son tremendamente divertidas. La nueva la pasan en Mircester. Mañana te vienes conmigo a verla, no hay más que hablar.

En ese momento Agatha vio que entraba Jack Page, el granjero. No podía aguantar ni un segundo más a Freda y a James. Se levantó y cogió su copa, que aún no se había terminado.

—Voy a tomar algo con Jack.

Jack Page la saludó.

—Las noches se van haciendo más cortas, Agatha. Antes de que nos demos cuenta, estará aquí la primavera. Lamento lo de su accidente.

Era un hombre animado, de trato sencillo. Agatha le contó el accidente con todo detalle. Él la invitó a otra copa. Agatha se sentó a su lado en un taburete de la barra e intentó olvidarse de la pareja del rincón.

—Mal asunto lo del veterinario —dijo Jack.

—Usted fue a su consulta, ¿verdad? —preguntó Agatha—. Lo vi la primera vez que llevé mi gato. ¿Qué impresión le dio?

—La consulta era cómoda; estaba cerca y podías conseguir antibióticos y esas cosas —dijo Jack—. La verdad, a él no le presté mucha atención. Pero luego me enteré de lo que le había hecho al gato de la pobre señora Josephs y dejé de ir. Fue una crueldad.

—No creerá que lo mataron, ¿verdad?

—Ah, ya veo..., está buscando otro asesinato que resolver —se burló—. Fue un triste accidente, nada más. El funeral es el lunes que viene, en Mircester, en la iglesia de Saint Peter.

—Puede que vaya —dijo Agatha.

—¿Eran amigos?

—Cené una noche con él —respondió Agatha—, pero en realidad no éramos amigos.

Jack vació la jarra de cerveza y la dejó sobre la barra.

—Más vale que vuelva a casa. Le he dicho a mi mujer que sólo me tomaría una. ¿Por qué no se pasa a saludarla?

Agatha iba a darse la vuelta cuando la señora Huntingdon soltó una carcajada y su perro una salva de ladridos.

—Me encantaría —dijo Agatha y cogió su bolso.

Por fin se volvió, se despidió de James con un gesto distraído de la mano y salió con el granjero.

James Lacey la vio marcharse con cierta sorpresa. ¡Y él que había creído que lo perseguía!

4

Nevaba cuando Agatha entró en la iglesia de Saint Peter, en Mircester, el lunes siguiente. Ya se estaba arrepintiendo de haber ido. La había llevado hasta allí su empeño por descubrir si había algo extraño en la muerte del veterinario. Al menos mientras se preocupara por la muerte del veterinario no lo haría por James Lacey.

La iglesia era muy antigua, con delicadas vidrieras y un aterrador altar del siglo XVII de madera oscura. Agatha se sentó en un banco del fondo, retiró el cojín de su gancho, se arrodilló fingiendo que rezaba y luego estudió a la congregación. Pero lo único que veía eran nucas. Parecía haber bastantes mujeres. Una volvió la cabeza. ¡La señora Huntingdon! Y luego Agatha reconoció a la corpulenta señora Mason, la presidenta de la Asociación de Damas de Carsely, dos bancos por delante de ella. Se cambió de sitio para sentarse a su lado.

La señora Mason apretaba un pañuelo húmedo en la mano.

—Qué pena —le susurró a Agatha—, un hombre tan joven y bueno.

—No tan joven —dijo Agatha, lo que le valió una mirada de reproche.

Unos hombres entraron con el ataúd, que depositaron en el pasillo ante el altar.

—Ése es el señor Rice, el socio del señor Bladen —explicó la señora Mason—. El de delante a la izquierda.

Entre los que habían portado el ataúd, Agatha vio a un hombre fornido de mediana edad, un pelirrojo con rizos.

—¿Quién ha venido del pueblo, además de nosotras y la señora Cunningham? —preguntó Agatha.

—Allí, a la derecha, la señora Parr y la señorita Webster.

Agatha se inclinó hacia delante. Las dos mujeres estaban llorando. La señora Parr era pequeña y bastante bonita, y la señorita Webster tenía una edad indeterminada, aunque rondaría los cuarenta. Era la dueña de la tienda de flores secas.

—Me sorprende que estén tan afectadas —susurró Agatha— después de lo que le hizo al gato de la señora Josephs.

—Hizo lo correcto —murmuró la señora Mason con rabia—. Aquel gato era demasiado viejo para este mundo.

—Espero que nadie piense lo mismo de mí —dijo Agatha.

—Chist —las interrumpió el hombre del banco de delante.

Empezó el servicio.

El señor Rice pronunció unas palabras sobre su difunto socio y el vicario citó a san Francisco de Asís. Se cantaron himnos, luego los hombres volvieron a alzar el ataúd y los feligreses desfilaron tras él hasta el cementerio.

Qué raro, pensó Agatha, estaba convencida de que ya no se enterraba a nadie en los cementerios de las iglesias antiguas. Se había imaginado un servicio breve en un crematorio. Desde pequeña le habían llamado la atención esas escenas junto a las tumbas de delante de las iglesias que salían en los telefilmes; siempre había pensado que la productora debía de haber pagado una generosa suma a la iglesia para cavar un buen agujero para el rodaje. Uno daba por sentado que los viejos camposantos de Inglaterra estaban a reventar desde finales del siglo XIX.

La nieve caía sobre las lápidas inclinadas. Una urraca que se balanceaba sobre la rama de un cedro contemplaba con curiosidad el acto.

—Ésa es su ex mujer —le dijo la señora Mason.

Una mujer delgada, de pelo gris y cara flácida, miraba al frente con aire sombrío. Llevaba un abrigo de piel de zorro encima de un traje rojo. No iba de luto precisamente.

Pero el servicio junto a la tumba fue tan digno y conmovedor que Agatha pensó que no era mala idea reclamar una parcelita en un cementerio rural. Cuando acabó el acto, se despidió de la señora Mason y se acercó a la ex esposa del veterinario, a la que alcanzó en el pórtico de la entrada.

—Me llamo Agatha Raisin —se presentó—. Creo que es usted la esposa del pobre señor Bladen.

—Lo era —dijo la señora Bladen con un deje de impaciencia—. Hace mucho frío, señora Raisin, y no veo la hora de volver a casa.

—Tengo el coche ahí fuera. ¿Quiere que la acerque?

—No, he venido en mi coche.

—¿No podríamos hablar un momento? —preguntó Agatha con interés.

Una expresión de desagrado asomó a los ojos de la señora Bladen.

—Últimamente tengo la impresión de que las mujeres a las que dejó plantadas mi marido no tienen otra cosa que hacer que amargarme la vida. Menos mal que se ha muerto.

Se marchó con paso airado.

Vaya, parece que a todos les ha dado por darme la espalda, pensó Agatha. Pero hay algo que está claro: nuestro veterinario era un mujeriego. Si pudiera probar que no fue un accidente, que se trató de un asesinato, ¡seguro que todos me tomarían en serio!

Los habitantes de Carsely sufrían apagones con bastante frecuencia; algunos duraban días, otros sólo unos segundos.

James Lacey llamó al timbre de Agatha al día siguiente. No sabía que se encontraban en medio de uno de esos apagones breves, porque el timbre no se oía desde fuera. Echó un vistazo al jardín delantero. Tenía mucho musgo. Se preguntó si ella sabría cómo tratarlo. Se inclinó para mirarlo mejor.

Agatha, que había creído oír algo fuera, acercó el ojo a la mirilla, pero al no ver a nadie volvió a la cocina. James Lacey se enderezó y llamó al timbre otra vez, justo cuando Agatha, que había visto unas migas en la moqueta, enchufaba la aspiradora en la cocina, al fondo de la casa.

James se fue, desconcertado. Se acordó de todas las veces que había fingido que no estaba en casa cuando Agatha había llamado a su puerta.

Volvió a su casa, se preparó una taza de café y se sentó a la mesa de trabajo. Encendió su nuevo ordenador, introdujo el disquete del programa y se quedó mirando inexpresivo la pantalla; luego introdujo otro disquete y dos palabras irrumpieron parpadeando en la pantalla en letras verdes. Ahí estaba: «Capítulo dos.» Si al menos hubiera escrito una frase... ¿Por qué le había dado por ponerse a escribir historia militar? Que fuera un soldado jubilado no implicaba necesariamente que dominara los temas militares. Y por si fuera poco había elegido las guerras napoleónicas. ¿Por qué? ¿Había algo que añadir a lo que ya se había escrito al respecto? Oh, Dios, qué largo se le hacía el día.

Le había divertido la visita a lord Pendlebury. Obviamente no había sido más que un accidente, aunque aquel chichón en la cabeza... Sería más divertido escribir relatos de misterio. Pongamos, por ejemplo, que el veterinario hubiera sido asesinado, ¿cómo podría investigarse lo que había ocurrido en realidad? Bueno, el primer paso sería descubrir por qué lo habían asesinado, ya que el porqué conduciría al quién.

Si Agatha le hubiera abierto la puerta en lugar de evitarlo, tal vez se habría olvidado del tema. Y si de verdad quisiera escribir historia militar, posiblemente también lo habría olvidado. Soltó una exclamación de disgusto, apagó el ordenador y salió de nuevo. No pasaba nada si llamaba a la puerta de Agatha otra vez. Era evidente que se había equivocado al creer que lo perseguía. Él la había invitado a tomar una copa a ella, no a Freda Huntingdon. ¡No era culpa suya si esa mujer había decidido marcharse con aquel granjero!

Hacía un espléndido y luminoso día de primavera; las ráfagas de viento llegaban cargadas de fragancias vegetales. La puerta principal de la casa de Agatha estaba abierta. Entró, al grito de «¡Agatha!», y estuvo a punto de tropezar con ella. La encontró sentada con las piernas cruzadas en el suelo del recibidor, jugando con los gatos.

—¿Estoy alucinando o ahora tienes dos? —preguntó.

—El nuevo es un gato perdido que recogí en Londres. —Agatha se puso de pie—. ¿Te apetece un café?

—Café, no. Me he pasado toda la mañana tomando café. Un té estaría bien.

—Pues que sea té. —Agatha lo condujo a la cocina.

—En cuanto a lo de la otra noche —dijo él desde el umbral—, no pudimos hablar mucho.

—Bueno, así son los pubs —comentó Agatha con aparente indiferencia—. Uno nunca acaba hablando con la persona con la que ha ido. ¿Leche o limón?

—Limón, por favor. He estado pensando en ese asunto del veterinario. ¿Fuiste al funeral?

—Sí. Había un montón de mujeres. Parece que era muy popular, al menos entre muchas de ellas, así que no debía de andar por ahí cargándose los gatos *motu proprio.*

—¿Quién asistió del pueblo?

—Aparte de mí, las cuatro fans que le quedaban: tu amiga, Freda Huntingdon; la señora Mason; la señora Harriet Parr; y la señorita Josephine Webster. Ah, y su ex esposa. Vaya, eso es raro.

—¿El qué?

—La noche que se suponía que iba a cenar con Paul en Evesham y tuve el accidente, llamé a su casa y contestó una mujer que dijo que era su esposa... —Agatha se interrumpió.

—¿Y?

—Y Paul Bladen me explicó después, cuando le pregunté, que la mujer que había contestado era su hermana, que estaba haciendo el tonto o algo así. Pero nadie ha vuelto a mencionar a esa hermana. Y se me olvidó preguntar por ella en el funeral.

—Podríamos acercarnos a Mircester y averiguarlo —se ofreció.

Agatha se dio la vuelta rápido y jugueteó con el hervidor para ocultar la repentina expresión de éxtasis que reflejaban sus ojos.

—Entonces ¿crees que fue un asesinato? —preguntó.

Él suspiró.

—No, no lo creo. Pero podría ser divertido hacer como si lo fuera. Me refiero a ir por ahí preguntando a la gente como si hubiera ocurrido.

—Iré a por mi abrigo.

Agatha subió con elegancia las escaleras a la planta de arriba. Se miró el atuendo en el espejo: jersey y pantalones. Pero no tenía tiempo para cambiarse, porque si no se daba prisa a lo mejor a él le daba por olvidarse de todo.

—Voy a buscar algo de dinero —dijo él desde abajo.

Agatha maldijo en voz baja. ¿Y si lo abordaban en el breve trayecto entre una casa y la otra? Bajó corriendo las escaleras y salió.

Freda Huntingdon estaba hablando con él, riéndose mientras cargaba aquel maldito perro ladrador bajo el brazo. Agatha apretó los puños cuando los vio desaparecer por la puerta de la casa de James. Se quedó allí, en su jardín, sin saber qué hacer. ¿Y si se olvidaba de ella?

Pero él volvió a salir con Freda al cabo de un momento. Freda se guardaba un libro en el bolsillo y se despidió de él con un gesto de la mano. James se acercó caminando a Agatha.

—¿Vamos en mi coche? —preguntó—. No hace falta que llevemos los dos.

—El mío está bien —contestó Agatha.

Él se acomodó en el asiento del pasajero. Cuando el coche pasó por delante de Freda, ella se volvió y los miró sorprendida. Agatha tocó una animada fanfarria con el claxon, aceleró y dobló la esquina para coger la carretera.

—¿Qué quería la viuda alegre? —preguntó.

—¿Freda? Me había dejado un libro y se ha pasado a recogerlo.

Agatha habría seguido charlando tan tranquila todo el camino hasta Mircester y seguramente habría vuelto a asustar a James, pero en ese preciso momento notó que le estaba saliendo una espinilla en la punta de la nariz. Bajó la vista y el coche se le desvió de forma brusca a un lado de la carretera antes de que pudiera corregir la dirección.

—¿Estás bien? —preguntó James—, ¿quieres que conduzca yo?

—Estoy perfectamente.

Pero Agatha se sumió en un silencio preocupado. Notaba la espinilla creciendo sin p¡rar, y le escocía y le picaba la punta de la nariz. ¿Por qué tenía que pasarle esto a ella y precisamente ese día? Eso era lo que ocurría por comer alimentos «sanos», como le recomendaba la señora Bloxby. Años zampando comida basura y no le había salido ni una sola mancha en la piel. La única solución, pensó Agatha, era que cuando llegaran a Mircester dijera que tenía que comprar algo en la farmacia —ningún caballero preguntaría qué— y luego que se moría por tomar algo.

Aparcó en el único sitio que quedaba libre en la plaza mayor. La mujer que estaba esforzándose por meterse marcha atrás en ese hueco antes de que ella se le adelantara introduciendo el morro, la miró irritada y dolida. Cuando se bajaron del vehículo, Agatha dijo mirando para otro lado:

—Tengo que ir a la farmacia. Nos vemos en ese pub, el George, dentro de un rato.

Y entonces, como si le gastara una broma, lo miró con picardía y se escabulló por la plaza. Ya en la farmacia, compró una barrita de corrector de ojeras, una loción astringente y, por si acaso, un pintalabios. Rosa intenso.

James alzó la vista y la llamó con la mano cuando Agatha entró en el pub, pero ella le pasó por delante a toda prisa, con la cara vuelta hacia otro lado, camino del lavabo de señoras.

Agatha se limpió la cara, se aplicó la loción astringente y luego se la quitó con un pañuelo de papel. Se miró la nariz. Tenía un pequeño punto rojo en la punta. Con cuidado, aplicó el corrector, lo que hizo que apareciera una mancha beige. La ocultó con maquillaje. La luz del lavabo no funcionaba, así que sólo podía imaginar el efecto. Miró hacia arriba. Había un portalámparas en el techo, pero faltaba la bombilla, y la poca luz que llegaba era la que se filtraba a través de los cristales mugrientos de una ventana que había muy por encima del lavamanos. Entonces se acordó de que había comprado un paquete de bombillas de cien vatios el día anterior y lo llevaba en el coche. Volvió a escabullirse.

Una vez más, James la llamó agitando la mano cuando pasaba por delante de él, con la cara vuelta, hasta que salió por la puerta. Se bebió la cerveza, pensativo. En el pasado había creído que Agatha Raisin estaba un poco chiflada. Tal vez tuviera razón. Y ahí entraba de nuevo, corriendo de lado, de camino al lavabo otra vez.

Agatha miró al techo. Para llegar al portalámparas, tendría que subirse al lavamanos. Se levantó la falda, se subió al enorme lavamanos victoriano y se estiró con cautela. Alargó el brazo hacia arriba. Con gran estrépito, el lavamanos se desprendió de la pared. Agatha se balanceó de forma descontrolada y se agarró a un alféizar polvoriento mientras el lavamanos continuaba separándose poco a poco hasta caer al suelo con un estruendo ensordecedor, arrastrando consigo los grifos de metal. De una tubería rota que había quedado al descubierto salió disparado un chorro de agua fría que empapó la falda de Agatha. Con un gemido, se soltó del alféizar, saltó al suelo inundado, esquivó como pudo los restos rotos y entró corriendo en la sala del pub tras cerrar con fuerza la puerta del lavabo.

—Vámonos —le dijo a James.

Él la miró sorprendido.

—Acabo de pedirte un gin-tonic.

—Oh, gracias —contestó Agatha con tono de angustia—. ¡Salud! —Se ventiló la copa de un solo trago—. Y ahora vámonos —dijo mientras con el rabillo del ojo veía la riada que aparecía ya por debajo de la puerta del lavabo.

James la siguió afuera. Reparó con consternación en que tenía una mancha oscura en la parte de atrás de la falda, pero no se atrevió a decírselo. Aunque no era tan mayor, quizá tuviera problemas de vejiga.

—Mira, este pub tiene mucha mejor pinta —dijo Agatha, que empujó la puerta del Potters Arms y entró.

Una vez más, se encaminó al lavabo. Para su alivio, era un lavabo moderno con secador de aire caliente. Se quitó la falda y la sostuvo delante del secador hasta que empezaron a desvanecerse las manchas de agua. Luego se tumbó en el suelo y puso los pies debajo del secador. Llevaba un buen rato dentro, y, cuando por fin salió, un preocupado James iba por la segunda pinta.

—Ya estaba a punto de mandar a alguien a buscarte —le dijo—; ¿te encuentras bien?

—Sí —respondió Agatha, radiante otra vez; el nuevo maquillaje había funcionado, había secado su ropa y recuperado el calor.

—Te he pedido otro gin-tonic. —Y señaló el vaso que había en la mesa.

Agatha le sonrió.

—Éste por la investigación —dijo levantando el vaso.

Pero lo dejó lentamente encima de la mesa mientras una expresión de ridícula consternación aparecía en su rostro. En el pub acababa de entrar Bill Wong con una policía de altura considerable.

—Se me ha caído el bolso —explicó Agatha, y se escondió debajo de la mesa.

No sirvió de nada.

—Sal de ahí, Agatha —ordenó Bill.

Ella se asomó compungida y salió de debajo de la mesa, con la cara ruborizada de la vergüenza.

—A ver, Agatha —dijo Bill—, ¿qué has estado haciendo? La agente Wood, aquí presente, me ha llamado para que acudiera al George. Una mujer que responde a tu descripción ha entrado en el lavabo de señoras y lo ha destrozado; por lo visto ha arrancado un lavamanos de la pared y ha inundado el local. La gente que estaba en la plaza te ha visto entrar corriendo aquí. ¿Me lo puedes explicar?

—Tenía un grano en la nariz —musitó.

—Habla más alto. No te oigo.

—¡Tenía un grano en la nariz!

Todo el mundo se volvió para mirarla, y James Lacey deseó con todas sus fuerzas estar en otra parte.

—¿Y qué tiene que ver un grano con que hayas arrancado el lavamanos de la pared? —preguntó Bill.

—He comprado corrector en la farmacia. —La voz de Agatha había adoptado un tono monocorde y bajo—. Quería cubrir la espinilla, pero no había luz en el lavabo de señoras y me ha parecido que necesitaba una bombilla. Me he acordado de que llevaba un paquete en el coche y he ido a buscar una. Pero sólo podía llegar al portalámparas si me subía al lavamanos. Cuando lo he hecho, se ha separado de la pared. Estaba tan aturdida que he preferido no decir nada.

—Pues me temo que vas a tener que acompañarme —dijo Bill con seriedad.

El hecho de que James Lacey no se ofreciera a ir con ella, que murmurara con torpeza que prefería quedarse allí leyendo el periódico, hizo que perdiera muchos puntos delante de Agatha, pese a su angustia. En eso quedaba el caballero andante de sus sueños. Él iba a seguir sentado tan tranquilo mientras ella se enfrentaba sola al dueño del pub, que sin duda echaría chispas.

James salió poco después. Compró dos periódicos y volvió al pub. Pero no podía concentrarse en las noticias. ¡Maldita Agatha! ¡Menuda mujer! ¡Cómo podía haber cometido semejante estupidez! Y entonces se dio cuenta de lo absurdo que era todo y empezó a reírse sin parar. La gente se apartaba inquieta de su mesa. Finalmente se enjugó las lágrimas y, con los periódicos bajo el brazo, se encaminó hacia el George.

Agatha estaba blandiendo un cheque que el dueño del George se negaba a aceptar.

—Ja, no va a librarse de ésta tan fácilmente. —Era un hombre de aspecto desagradable, con la cara como una loncha de queso cheddar, amarillenta y ligeramente sudorosa por la ira—. Arreste a esta mujer, agente —le dijo a Bill—, y ya la veré en el juicio. Acúsela de vandalismo.

James le arrancó el cheque de la punta de los dedos y parpadeó un poco al ver la exorbitante suma.

—No puedes permitirte esto —le dijo—. Una señora como tú, que vive de su pensión de viudedad, no puede pagar una cantidad como ésta. Declárate insolvente y luego, aunque te lleve a juicio, no sacará un céntimo. Conozco a un buen abogado que tiene el despacho al doblar la esquina.

—Buena idea —añadió Bill—. Va a tener que recurrir a un abogado de todos modos. Para empezar, querrá saber por qué no había ninguna bombilla en el lavabo, y por qué el lavamanos se ha soltado de la pared con tanta facilidad. También habrá que revisar la instalación eléctrica del pub.

—Aceptaré el cheque —dijo el dueño a la desesperada.

—No, aceptará otro —replicó James con firmeza—. Agatha, saca el talonario de cheques y extiende otro por la mitad de esta cifra.

El queso cheddar parecía a punto de estallar de nuevo, pero la mirada de acero de James lo hizo enmudecer. Agatha extendió el nuevo cheque mientras James hacía trizas el primero.

Cuando salieron a la plaza, Bill dijo:

—Si hubiera sido un hombre agradable y respetable, quizá te habría arrestado, Agatha. En cualquier caso, gracias al señor Lacey, todo se ha aclarado. ¿Cenamos esta noche?

Agatha vaciló. Antes de esto, había pensado que la jornada con James a lo mejor acabaría con una cena íntima. De todos modos, más le valía seguir haciéndose la interesante.

—Sí, estaría bien. ¿Dónde vives? Tengo tu teléfono, pero no sé tu dirección.

—En el 24 de The Beeches. Sales por la Fosse Way y tomas la primera a la izquierda por Camden Way hasta que llegas a unos semáforos, tuerces a la derecha, luego tomas la primera a la izquierda y ya estás en The Beeches. Es una calle sin salida.

Agatha anotó la información en el dorso de un recibo de gasolinera.

—¿A qué hora?

—A las seis. Cenamos temprano.

—¿Cenamos?

—Mis padres. ¿Te has olvidado?, vivo en su casa. Venga usted también, señor Lacey.

Por favor, por favor, por favor, suplicó Agatha para sus adentros.

James pareció sorprendido, pero luego dijo:

—Me encantaría. Había decidido, más o menos, tomarme el día libre. ¿Está bien si voy con esta ropa?

Bill pareció divertido.

—No somos nada formales —respondió—. Entonces, hasta luego.

Se marchó, con la espigada y silenciosa policía caminando a su lado.

—Me parece que deberíamos comer algo —dijo James—. ¿Qué te parece un sándwich y una cerveza?, luego ya pensaremos a quién preguntamos para averiguar algo sobre la hermana de Bladen. Tendríamos que haberle preguntado a Bill Wong. Aunque, bueno, podemos hacerlo esta noche.

No mencionó el lavabo destrozado y Agatha se lo agradeció. No obstante, se sintió obligada a decir con brusquedad:

—Debes saber que no soy precisamente pobre.

—Lo sé —contestó él con tono afable—, aunque el dueño del pub se ha creído que eras insolvente y se ha alegrado de poder llevarse el dinero, por poco que fuera.

Cuando acabaron de comer, él sacó un cuaderno y un bolígrafo.

—¿Por qué no lo abordamos como si fuera un asesinato real y empezamos haciendo una lista de todos los nombres de la gente con la que deberíamos hablar?

—Creo que la ex esposa sería una candidata —dijo Agatha—, aunque no parecía muy amigable. Ya sé: podemos visitar al otro veterinario, su socio, Peter Rice. Él sabrá si Bladen tenía una hermana, y eso sería un buen punto de partida.

El señor Peter Rice era un hombre mordaz con una gran nariz bulbosa, y los ojos y la boca pequeños. La fea nariz que dominaba su rostro producía un efecto desconcertante, como si tuviera la cara pegada a la lente de una cámara. Su pelo rojizo, tupido y rizado, parecía una peluca que alguien hubiera dejado caer sobre su cabeza, más bien ahuevada. Tenía el cuello grueso y fuerte, como los hombros. De hecho, su cuerpo parecía demasiado fuerte y fornido para tamaña cabecita, como si se asomara a través del hueco de un forzudo de cartón en una feria.

No le hizo gracia enterarse de que no habían hecho cola en su consulta para llevarle algún animal, sino para hacerle preguntas sobre su difunto socio.

—¿Una hermana? —respondió Rice—. No, no tenía ninguna hermana. Pero sí un hermano que vivía en Londres. Se enfadaron hace tiempo. El hermano ni se molestó en venir al funeral. —Sus manos, cubiertas de un vello pelirrojo, denso como pelaje, se movían nerviosas por un estante con frascos, como si buscaran una etiqueta que dijera «Desaparezcan»—. Bien, si eso es todo...

—¿Era un hombre acaudalado? —preguntó James.

—No.

—Ah, ¿y cómo lo sabe?

—Lo sé porque me lo ha dejado todo.

—¿Y cuánto es todo? —preguntó Agatha interesada.

—No lo suficiente —dijo el veterinario—. Y ahora salgan de aquí y déjenme atender a mis clientes.

—Así que hereda él y no el hermano. Ahí tenemos un móvil —señaló Agatha satisfecha cuando salieron—. ¿Quién puede saber de cuánto dinero estamos hablando?

—El abogado. Pero dudo que nos lo diga. Probemos con el director del periódico local —propuso James—. Ellos se enteran de todos los cotilleos.

La redacción del *Mircester Journal* fue una decepción para Agatha, que parecía obviar que el periódico era poco más que tres páginas grapadas. Ingenuamente, se había imaginado que sería como las redacciones que salían en las noticias: una enorme sala diáfana con hileras de ordenadores y periodistas trabajando sin parar. Pero allí el tiempo se había detenido y el progreso había pasado de largo. La redacción del *Mircester Journal* consistía en varios despachos oscuros al final de una escalera desvencijada. Una joven de tez pálida y pelo lacio tecleaba una vieja máquina de escribir, y un chico con las manos en los bolsillos silbaba desafinando junto a la ventana desde la que miraba la calle.

—¿Puedo ver al director? —preguntó James.

La joven pálida dejó de teclear.

—Si se trata de nacimientos, muertes o bodas, me encargo yo —dijo.

—No es ninguno de esos casos.

—¿Quejas? ¿Un nombre incorrecto en un pie de foto?

—Ninguna queja.

—Bien, eso es otra cosa. —Se levantó. Llevaba una falda larga de patchwork, zapatillas de béisbol y una camiseta con un lema de dos palabras: AL CUERNO—. ¿Se llaman...?

—Señora Raisin y señor Lacey.

—Muy bien.

Abrió una puerta llena de rayadas y desapareció. Se oyó un murmullo de voces y salió al cabo de unos segundos.

—Pueden entrar. El señor Heyford los recibirá.

El señor Heyford se levantó para saludarlos. Después de la visión de la camiseta y las zapatillas deportivas, él resultó ser un dechado de moderación: pequeño y pulcro, con la piel suave y aceitunada, los ojos oscuros y mechones ralos de pelo negro engominados hacia atrás desde la frente. Llevaba un traje negro con corbata.

—Siéntense —dijo—, ¿qué puedo hacer por ustedes? He reconocido su nombre, señora Raisin. El año pasado recaudó una buena suma.

Agatha se sintió halagada.

—Los dos conocíamos al veterinario, Paul Bladen —añadió James—. Y hemos hecho una especie de apuesta. La señora Raisin, aquí presente, decía que tenía mucho dinero, pero a mí me daba la impresión de que no tenía tanto. ¿Sabe usted cuánto dejó?

—No puedo darle la cifra exacta porque no la recuerdo —contestó el señor Heyford—. Unas ochenta y cinco mil libras, me parece. En sus tiempos, habría sido una fortuna, pero hoy en día con esa cantidad no puedes ni comprarte una casa decente. Dejó una casa, claro, pero tenía una doble hipoteca sobre ella y, con la caída de los precios de la vivienda, el señor Rice, su heredero, apenas podrá cubrir los gastos. Nunca imaginé que veríamos el día en este país en que ochenta y cinco mil libras nos parecerían poco dinero, así que me temo que ha ganado la apuesta, señor Lacey.

—De manera que no lo asesinaron por su dinero —dijo Agatha con tono lúgubre después de despedirse del director—. Y aun así...

—¿Y aun así qué?

—Si tenía ochenta y cinco mil libras, ¿por qué dos hipotecas? Quiero decir que los intereses serían asfixiantes. ¿Por qué no amortizó una parte de la deuda?

—El problema —afirmó James— es que queremos creer que un accidente fue un asesinato.

Agatha pensó deprisa. Si James descartaba por completo la idea de seguir investigando, tendría pocas excusas para pasar tiempo con él.

—Ya que estamos aquí y tenemos que hacer tiempo antes de ir a casa de Bill, podríamos probar con su esposa —sugirió.

—Ah, muy bien. ¿Y dónde vive?

—Buscaremos en la guía telefónica; esperemos que todavía utilice el apellido de casada —dijo Agatha.

En el listín encontraron un nombre que coincidía, G. Bladen. La dirección que aparecía era Rose Cottage, en Little Blomham.

—¿Dónde está Little Blomham? —preguntó Agatha.

—Una vez vi una señal. Es un desvío de Stroud Road.

Cuando entraron en Little Blomham, una niebla blanquecina envolvía el paisaje y lo transformaba en una pintura china. Más que un pueblo era una aldea, un puñado de antiguas casas de piedra caliza de los Cotswolds, encorvadas alrededor de un arroyo.

No se veía a nadie, no salía humo de ninguna chimenea ni ladraba ningún perro. Agatha apagó el motor y los dos escucharon el sobrecogedor silencio que los rodeaba.

James se arrancó con unos versos de *Los oyentes*, de Walter de la Mare:

> *Ay, oyeron su pie en el estribo,*
> *y el ruido del hierro en la piedra,*
> *y cómo el silencio renacía suavemente,*
> *cuando los cascos amortiguados se perdieron.*

Agatha lo miró enfadada. No le caía bien la gente que de pronto soltaba citas que te hacían sentir inculta e inepta. Creía que sólo lo hacían para exhibirse. Se apeó del coche y cerró la puerta con una fuerza innecesaria.

James se bajó del asiento del pasajero, se acercó a un muro de piedra y miró hacia el arroyo que fluía lentamente. Parecía sumido en una especie de ensueño, ajeno a la presencia de Agatha.

—Es tan tranquilo —dijo casi para sí—, tan inglés. Es la Inglaterra por la que lucharon en la Primera Guerra Mundial. Ya queda muy poco de esa Inglaterra.

—¿Quieres quedarte aquí a meditar mientras yo averiguo cuál de estas casuchas pintorescas es Rose Cottage? —preguntó Agatha.

James sonrió.

—No. Iré contigo. —Recorrieron juntos la carretera que discurría junto al arroyo—. Déjame ver, ésta no tiene nombre, y la siguiente se llama End Cottage, aunque no está al final. Puede que sea alguna de las que hay más allá.

Estuvieron a punto de pasar de largo. Rose Cottage se hallaba apartada de la carretera, al final de un jardín estrecho, descuidado y enmarañado. Era pequeña, con el techo de paja y las paredes recubiertas de una espesa enredadera.

—Parece la madriguera de un animal más que una casa —comentó James—. Bien, vamos allá. No podemos decir que creemos que se trató de un asesinato. Le damos el pésame y vemos adónde nos lleva.

Llamó a la puerta. Esperaron, inmersos en el silencio de aquel paisaje de ensueño. Entonces, como si se rompiera un hechizo, un pájaro levantó el vuelo desde un arbusto cerca de la puerta, un perro ladró en alguna parte, con un ladrido agudo y potente, y la señora Bladen abrió la puerta.

Vaya, creo que es mayor que yo, pensó Agatha, observando otra vez aquel pelo gris y las elocuentes arrugas de su fino cuello.

La señora Bladen miró por encima de James, hacia Agatha, y su rostro se contrajo con desagrado.

—Ah, es usted otra vez.

—El señor Lacey quería darle el pésame —se apresuró a decir Agatha.

—¿Por qué? —replicó la viuda con sequedad—. ¿Por qué se toma alguien la molestia de venir hasta aquí para darme el pésame por un hombre del que me había divorciado?

—En Carsely somos todos buenos vecinos —intervino James—, y nos preguntábamos si podíamos hacer algo por usted.

—Sí, marcharse.

James se volvió hacia Agatha con gesto de impotencia. Agatha decidió coger el toro por los cuernos.

—¿Está segura de que la muerte de su marido fue natural? —preguntó.

La señora Bladen pareció divertida.

—¿Se refiere a que si creo que lo asesinaron? Es más que probable. Era un hombre repugnante, y me alegro de que haya muerto. Espero que eso satisfaga su curiosidad.

Les cerró la puerta en las narices.

—Hasta aquí hemos llegado —dijo James mientras recorrían el sendero cubierto de malas hierbas.

—Tenemos algo —añadió Agatha entusiasmada—. No se ha reído de nosotros cuando le he insinuado la posibilidad de un asesinato, ¿verdad que no?

—¿Sabes lo que creo? —James le aguantaba la puerta para que pasara—. Creo que somos un par de jubilados que no saben qué hacer con su tiempo.

—Tan sólo porque tú no puedas ponerte a escribir —replicó Agatha con malicia— no la tomes conmigo.

—Este rincón es precioso —afirmó entonces él para cambiar de tema—. Tranquilo y silencioso. Me pregunto si venderán alguna casa por aquí.

—Oh, esto no te gustaría —reaccionó Agatha alarmada—. Quiero decir, Carsely ya es bastante aburrido, pero es que aquí no hay nada, nada de nada, ni siquiera una tienda o un pub.

—¿Y eso qué importa en la era del coche? Oh, mira esa señal. La Manor House. Nunca me había fijado antes. Echemos un vistazo.

Agatha lo siguió en silencio por un camino de entrada serpenteante. No quería visitar ninguna casa señorial, esas mansiones pertenecían al mundo de James Lacey, no al suyo. El camino, flanqueado de arbustos de rododendro, se fue haciendo más ancho, y allí estaba la casa. La niebla se había disipado y un sol pálido bañaba las paredes doradas. Era una casa baja y un tanto destartalada, bien asentada y con encanto, que exudaba siglos de paz. Incluso Agatha sintió que por aquel edificio habían pasado guerras y conflictos, plagas y pestes.

Una mujer achaparrada, con chaqueta y jersey a juego y falda de tweed, salió con un retriever negro pegado a los talones.

—¿Puedo ayudarlos? —preguntó.

—Tan sólo estábamos admirando su hermosa casa —dijo James, acercándose a ella.

—Sí, es hermosa —dijo la mujer—. Pasen y tomen un té. No suelo recibir visitas hasta el verano, cuando la familia se acuerda de que aquí tiene vacaciones gratis.

James se presentó, y también a Agatha. La mujer dijo que era Bunty Vere-Dedsworth. Los condujo por un recibidor a oscuras hasta una espaciosa cocina antigua en la que centelleaban sartenes de cobre y piezas de porcelana blanca y azul, ordenadas sobre un viejo aparador que recorría toda la pared.

—Lacey —repitió mientras enchufaba un hervidor eléctrico—. Conocía a unos Lacey de Sussex.

—De ahí procede mi familia —dijo James.

—¿De verdad? —Tenía los ojos azul claro y la cara rubicunda—. ¿Está emparentado con el viejo Harry Lacey?

—Es mi padre.

—Dios, qué pequeño es el mundo. ¿Y ve usted alguna vez a...?

Agatha, excluida de esa intimidante conversación de las clases altas que consistía en intercambiar apellidos y exclamaciones de reconocimiento, dio unos sorbos malhumorados a su té mientras sentía que James se alejaba de su mundo. Se lo imaginaba viviendo en una casa como ésa, con una esposa elegante, no con una relaciones públicas jubilada que sólo podía intercambiar apellidos con alguien de la desagradable barriada de Birmingham donde se había criado.

—¿Y qué lo trae por aquí? —le preguntó Bunty por fin.

—Nuestro veterinario de Carsely murió —contestó James—, y hemos ido a darle el pésame a la señora Bladen. Pero no parecía muy necesitada de comprensión.

—No, imagino que no —dijo Bunty—. Tuvo un matrimonio muy desdichado.

—¿Otras mujeres? —insinuó Agatha.

—Creo que era más bien una cuestión de dinero; mejor dicho, de falta de dinero. Greta Bladen era una mujer acomodada cuando se casó con Paul, y él parece que se gastó buena parte de su dinero. Cuando ella lo dejó, lo único que pudo permitirse la pobre fue esa infame casita. Ella lo odiaba de verdad. Me enteré de cómo murió. Si lo hubieran encontrado muerto porque alguien le había dado un golpe con una sartén, y ése alguien hubiera sido Greta, no me habría sorprendido lo más mínimo. Pero uno tiene que saber mucho de veterinaria para clavar una jeringuilla llena de una sustancia letal. Quiero decir que, pensándolo bien, ¿cuánta gente sabría que esa sustancia era mortífera? A lo mejor su socio quería quedarse con el negocio —dijo Bunty, y se rió.

James miró la hora.

—Tenemos que irnos.

—¿De verdad? —Bunty sonrió a Agatha—. Entonces vuelvan otro día a visitarme, por favor. Me gustaría mucho.

Agatha le devolvió la sonrisa sintiendo que todos sus complejos sociales se desvanecían, sintiéndose, de verdad, bienvenida.

—Tenía su parte de razón —dijo Agatha cuando salían de la zona en coche—. Me refiero a lo de Rice.

Tendría que haber sido alguien con conocimientos de medicina veterinaria.

—No necesariamente —comentó James—. La noticia del veterinario que murió el año pasado cuando un caballo le dio una coz en el bolsillo del pecho donde llevaba la jeringuilla salió en todos los periódicos locales. Yo la leí. Cualquiera pudo leerla y sacar de ahí la idea.

—Pero tuvo que ser alguien que sabía dónde iba a estar y qué iba a hacer ese día.

—Cualquiera de sus amigas podría saberlo. «¿Qué vas a hacer mañana, Paul?», «Voy a cortarle las cuerdas vocales a un caballo de lord Pendlebury». Ese tipo de conversación.

—Sí, pero imagínate que me lo hubiera contado a mí. Ni se me habría ocurrido pensar en el Immobilon.

—No, pero es posible que un veterinario hablara de él, que contara lo letal que era y se refiriera al accidente del año pasado. Tengo el presentimiento de que lo hizo una mujer.

Agatha estuvo a punto de exclamar: «Entonces sí crees que fue un asesinato», pero optó por guardar silencio con la esperanza de que siguieran más días de investigación compartida.

La casa de Bill fue una sorpresa para Agatha. Dejándose llevar por los prejuicios, había esperado algo, bueno, cómo decirlo, más oriental y exótico. Pero The Beeches era una de esas urbanizaciones diseñadas por contratistas, con cada casa distinta y esos exiguos jardines de las viviendas del extrarradio, que rezumaban respetabilidad y aburrimiento. Agatha sabía que el padre de Bill procedía de Hong Kong y que su madre era de Gloucestershire, pero no esperaba que vivieran en un lugar tan normal y corriente. La casa se llamaba Clarendon y tenía el nombre grabado en un letrero de madera que colgaba de un poste enfrente de la puerta. Recorrieron un corto camino entre parterres perfectamente ordenados, y llamaron al timbre, que sonó con un coro de *Rule, Britannia*.

Les abrió Bill.

—¡Pasen, pasen! —exclamó—. Los dejaré en el salón e iré a por las bebidas. Mi madre está en la cocina acabando de preparar la cena.

Agatha y James se sentaron en el salón, sin mirarse. Había un tresillo con el respaldo cubierto con una funda de un material desagradable parecido a la lana. En los «ventanales», había persianas venecianas y cortinas fruncidas. La moqueta tenía un dibujo geométrico chillón en rojo y negro. El papel pintado era el típico a rayas Regency, blancas y doradas. Había unas mesitas auxiliares de borde festoneado y patas largas y finas. En una pared había una vitrina llena de figuras de porcelana y muñecas vestidas de flamenca. Una estufa de gas, con carbón y leña de mentira, ardía con viveza aunque daba poco calor.

Agatha se moría de ganas de fumar, pero no veía ningún cenicero.

Bill entró con una pequeña bandeja en la que llevaba tres copitas de jerez dulce.

—Son invitados de honor —dijo Bill—. No utilizamos mucho este salón. Lo reservamos para las grandes ocasiones.

—Muy bonito —contestó Agatha, que se sentía rara e incómoda al ver a su Bill, tan regordete y oriental como siempre, en ese frío entorno inglés suburbano.

»¿Puedo ir al baño?

—En la planta de arriba. Pero no vayas a encaramarte al lavabo.

Agatha subió las escaleras cubiertas de gruesa moqueta y abrió la puerta de un lavabo en el que había otro tresillo, verde pálido. La tapa del retrete tenía una cubierta de felpilla. Una nota decorada con flores y colgada detrás de la puerta rezaba: «Si salpicas, limpia el asiento, por favor.»

Al tirar del rollo de papel higiénico para coger un trozo y retocarse el lápiz de labios, dio un respingo cuando del portarrollos empezó a sonar *Flor de Escocia*.

—La cena está lista —anunció Bill cuando bajó por las escaleras.

Los guió por el pasillo hasta otra pequeña sala, el comedor, donde, a la cabecera de la mesa, se sentaba su padre, un pequeño y malhumorado caballero chino con el bigote caído, una chaqueta de punto holgada y unas inmensas pantuflas a cuadros.

Bill hizo las presentaciones. A modo de respuesta, el señor Wong gruñó, cogió el tenedor y el cuchillo, y se quedó mirando fijamente la superficie pulida de la mesa de contrachapado. Agatha contempló el mantel individual, una reproducción de la abadía de Tewkesbury, y deseó no haber ido.

Se abrió una ventanilla que daba a la cocina, y una voz estridente con acento de Gloucester dijo:

—¡Bill! ¡La sopa!

Bill recogió los platos de sopa y los repartió por la mesa.

—¿Tienes aquella botella de Liebfraumilch, mamá? —preguntó.

—En la nevera.

—Ya la cojo yo.

Apareció la señora Wong. Era una mujer enorme con una expresión suspicaz e insatisfecha a la que parecía incomodar la presencia de los invitados. Bill sirvió el vino blanco.

La sopa, de rabo de buey, era de lata. Se repartieron pequeños triángulos de pan. Incluso James Lacey pareció sumirse en el silencio.

—Luego hay rosbif —anunció Bill—. Nadie lo prepara como mamá.

—Sin duda alguna —dijo de forma inesperada el señor Wong, lo que sobresaltó a Agatha.

El rosbif estaba increíblemente duro y los cuchillos eran romos. Agatha tuvo que concentrarse para lograr cortarlo todo en trozos. La coliflor llegó cubierta de una capa de espesa salsa blanca; las zanahorias estaban saladas y demasiado hechas; el pudín de Yorkshire sabía a goma salada y los guisantes eran de esa desagradable clase de productos enlatados que consigue teñir de verde cuanto hay en el plato.

—Los días se están acortando —dijo la señora Wong.

—Sin duda alguna —convino el señor Wong.

—Muy pronto llegará el verano —insistió la señora Wong, que clavó una mirada feroz en Agatha, como si la culpara del cambio de estación.

—Espero que tengamos otro verano tan agradable —terció James.

La señora Wong se volvió contra él.

—¿A usted le parece que el verano pasado fue agradable? ¿Has oído, papá? El verano pasado le pareció agradable.

—Hay que ver —murmuró el señor Wong, que se sirvió más coliflor.

—Hizo tanto calor que casi me da un ataque —dijo la señora Wong—. ¿Verdad que sí, papá?

—Sin duda alguna.

Silencio.

—Traeré el pudín —dijo Bill.

—Siéntate —le ordenó su madre—. Éstos son tus invitados. Te he dicho que quería ver ese concurso de la tele, pero te has empeñado en traerlos.

Poco después les pusieron delante unos cuencos de compota de manzana y natillas. Quiero irme a casa, pensó Agatha. Oh, por favor, que pase rápido esta velada.

—Llévatelos al salón —dijo la señora Wong cuando acabaron el espantoso ágape—. Ya os serviré allá el café.

—Tienen que enseñarme el jardín —pidió James—. Me interesan mucho los jardines.

—No vamos a salir al aire frío de la noche para morir de una pulmonía. —La señora Wong pareció ofendida—. ¿Verdad que no, papá?

—Qué sugerencia tan extraña —apostilló el señor Wong.

Para alivio de Agatha y James, el café lo tomaron sólo en compañía de Bill.

—Me alegro de que hayan venido —afirmó Bill—. Estoy muy orgulloso de mi casa. Mamá la ha convertido en un pequeño palacio.

—Sí, muy acogedora —respondió Agatha—. Bill, ¿estás seguro de que no hay nada raro en la muerte de Bladen?

—Nada que se sepa —contestó divertido—. ¿Has estado haciendo de sabueso?

—Sólo hemos preguntado por ahí —dijo Agatha—. Bill, ¿te importa si fumo?

—A mí no, pero mamá te mataría. Vamos al jardín de atrás y fúmatelo ahí.

Lo siguieron. James soltó un grito ahogado. El jardín estaba cuidado con esmero. Al fondo, un grupo de tres cerezos alzaba sus ramas blancas y rosa hacia el cielo nocturno. Una glicina en la que empezaban a brotar las primeras hojas se enrollaba por encima de la puerta de la cocina.

—Éste es mi refugio —explicó Bill—. Supone un cambio del trabajo policial.

James se maravilló de que Bill, que sin duda tenía buen ojo para la belleza, no viera nada raro en la casa de sus padres. Agatha se preguntó cómo podía sentir tal veneración y afecto hacia aquella pareja espantosa, y concluyó que lo admiraba por eso.

James se estaba animando mientras hablaba de plantas, y Agatha recordó una vez más su descuidado jardín y pensó que, si la investigación quedaba en nada, podían compartir la afición de él por la jardinería. Cuando volvieron al espantoso salón para tomar un poco más de aquel horrible café servido en tacitas que parecían de juguete y que la señora Wong llamaba «joyitas», los tres estaban más tranquilos.

—Me gusta devolver la hospitalidad —le dijo Bill a James—. Siempre paso y me tomo un café en casa de Agatha, pero ella nunca había estado aquí. Ahora que ya conocen la calle, son bienvenidos cuando quieran.

—¿Se han instalado aquí hace poco? —preguntó James.

—El año pasado —dijo Bill con orgullo—. Papá abrió una tintorería de limpieza en seco en Mircester y le ha ido bien. Sí, estamos progresando.

Su buen humor parecía transformar aquella casa en el palacio que él creía que era, y Agatha y James agradecieron de forma efusiva a la señora Wong su hospitalidad cuando finalmente se fueron.

—Se congelará el infierno antes de que vuelva —dijo Agatha en el coche.

—Sí, me he quedado con hambre. He cortado la ternera y la he metido debajo de la verdura para que pareciera que me la había comido —confesó James—. Pararemos en cualquier sitio a tomar una cerveza y un sándwich.

Lo dijo casi sin pensar, como si se lo comentara a un viejo amigo, dando por sentado que ella aceptaría, y Agatha se sintió tan ridículamente dichosa que creyó que iba a llorar.

Delante de las cervezas y los sándwiches decidieron proseguir sus investigaciones al día siguiente.

—¿Y la señorita Mabbs? —le preguntó Agatha—. Mira, sabemos que Bladen era mujeriego. La señorita Mabbs es la chica pálida que trabajaba de recepcionista. ¿Qué pasa con ella? Tenía que saberlo todo sobre la operación de ese caballo. Me pregunto dónde estará ahora.

—La encontraremos mañana. Puedes fumar si te apetece.

—Me siento como una especie en peligro de extinción. —Agatha se encendió un cigarrillo—. La gente se está poniendo muy en contra de los fumadores.

—Son puritanos —dijo James—. ¿Quién dijo que la razón por la que los puritanos estaban en contra del hostigamiento de osos no era porque le produjera dolor al animal, sino porque producía placer a la multitud?

—No lo sé. Pero debería dejarlo.

—Bill ha dicho una cosa rara cuando nos íbamos —continuó James—. Ha dicho: «No vayan por ahí removiendo la porquería, no vayan a provocar un verdadero asesinato.»

—Ah, estaba bromeando. Es muy bromista.

5

A Agatha le habría sorprendido mucho que la llamaran «romántica». Se consideraba una mujer práctica y realista, y no se daba cuenta de lo insensato que era dejarse llevar por la fantasía y los sueños disparatados.

Desde que se había despedido de él la noche anterior, su imaginación se había desbocado, y en su cabeza ya estaba casada con James Lacey. Se había pasado casi toda la noche soñando con James y su apasionada luna de miel, y, como lo bueno de los sueños es que uno mismo escribe el guión, él actuaba como un amante entregado y sólo le decía cosas bonitas.

Así que a la mañana siguiente Agatha se olvidó por completo de sus planes de mostrarse fría y distante. James había dicho que iría a buscarla a mediodía y que podían comer algo en el pub antes de intentar averiguar qué había sido de la señorita Mabbs. Pero Agatha decidió preparar una comida romántica.

Cuando él se presentó en su casa, lo asustó e incomodó un poco ver a una Agatha con blusa escotada, falda ceñida y tacones muy altos que lo miraba con expresión radiante. Se movía nervioso por el recibidor mientras ella le señalaba el comedor y le decía que también podían comer ahí. Por la puerta entreabierta,

James vio la mesa puesta con porcelana, cubertería fina, candelabros con velas encendidas... ¡Velas en pleno día!

Cedió al pánico. Retrocedió hasta la entrada.

—En realidad, había venido a disculparme. Me ha surgido algo. No puedo quedarme —dijo, y se dio la vuelta y se escabulló.

Agatha casi podía oír cómo se derrumbaban sus sueños, ladrillo a ladrillo, retumbándole en la cabeza. Roja de vergüenza, sopló las velas, recogió la vajilla, subió a la planta de arriba, se quitó la gruesa capa de maquillaje restregándose la cara, se puso un vestido viejo, cómodo y holgado, se calzó unas zapatillas y bajó a rastras con la intención de ver un culebrón e intentar no dar más vueltas a aquella metedura de pata.

Se había pasado la noche anterior casi sin pegar ojo, así que estuvo dando cabezadas delante del televisor con los gatos en el regazo y no se despertó hasta una hora después, cuando llamaron al timbre.

Esperaba que James hubiera regresado —¡ay, si volviera!—, pero era la señora Bloxby, la esposa del vicario.

—Pasaba por aquí —dijo— y me preguntaba si se acordaría de que las Damas de Carsely celebran una reunión esta noche.

Por un instante fugaz, se le pasó por la cabeza decir: ¡Que les den a las Damas de Carsely!

—Espero que venga —añadió la señora Bloxby—. Nuestra nueva vecina, la señora Huntingdon, asistirá, y también la señorita Webster, la de la tienda. Seremos muchas. Y la señorita Simms va a llevar un poco de sidra casera, así que he pensado que podemos tomarla con queso y galletas.

Agatha se dio cuenta entonces de que la señora Bloxby seguía en la puerta.

—Pase.

—No, será mejor que vuelva a casa. Mi marido está peleándose con un sermón peliagudo.

Así que en esto se ha acabado convirtiendo tu vida, pensó Agatha con tristeza. La esperaba otra emocionante velada con las damas. Ni siquiera saber que la señora Huntingdon estaría presente la animó lo bastante para cambiarse y quitarse el vestido viejo que llevaba.

Pero, de camino a la vicaría, recordó que Josephine Webster, la de la tienda de flores secas, la que tanto admiraba al veterinario, también estaría. Aunque ya no la acompañara James Lacey, su curiosidad de investigadora aficionada seguía viva.

La sala de estar de la vicaría estaba llena de mujeres charlando por los codos. La señora Bloxby le tendió a Agatha una jarra de sidra.

—¿Dónde se encuentra la señorita Webster? —preguntó Agatha.

—Ahí, junto al piano.

—Ah, ya la veo.

Agatha la observó con detenimiento. Era una mujer de aspecto discreto y edad indeterminada, con el pelo rubio y cuidado, marcado con una suave permanente, los rasgos pequeños y una figura pulcra y menuda. Estaba hablando con Freda Huntingdon, que por lo visto tampoco se había molestado en arreglarse, se fijó Agatha. No quiso interrumpir la conversación. Dio otro trago a su jarra y parpadeó. La sidra era realmente fuerte. Casualmente la señorita Simms estaba a su lado.

—¿Cómo hace un brebaje tan potente? —le preguntó.

La señorita Simms soltó una risita y le susurró al oído:

—Voy a contarle un secreto. Se me ocurrió darle un poco de vidilla. —Con la jarra que sostenía, señaló un pequeño barril que había encima de una mesa—. Así que le añadí una botella de vodka.

—Va a emborracharnos a todas —dijo Agatha.

—Bueno, algunas necesitamos animarnos. Fíjese en la señora Josephs. Hoy tiene mejor aspecto. Creí que llevaría luto eternamente por aquel gato.

Agatha se sentó al lado de la señora Josephs.

—Me alegra ver que tiene mejor aspecto —indicó Agatha con educación.

—Oh, sí, me encuentro mucho mejor —contestó la bibliotecaria con la voz algo achispada—. La venganza es mía.

—¿De verdad?

—Voy a recibir lo que por derecho me pertenece.

Agatha la miró con impaciencia.

—¿Qué quiere decir?

—Silencio, señoras —pidió la señora Mason—. La reunión va a empezar.

—Venga a verme mañana a las diez —le dijo la señora Josephs en voz alta— y le contaré todo acerca de Paul Bladen.

—Chist —las reprendió la señora Bloxby.

Agatha esperó nerviosa mientras la reunión seguía lentamente su curso. Antes de que acabara, la señora Josephs se levantó de golpe y se fue. A Agatha le extrañó, pero acto seguido abordó a la señorita Webster.

—La vi en el funeral de Paul Bladen —le dijo.

—No sabía que también fuera amiga suya —respondió la señorita Webster.

—Bueno, no era su amiga exactamente —afirmó Agatha—, pero creí que debía presentar mis respetos. Usted debe de haber lamentado mucho su pérdida.

—Todo lo contrario —respondió la señorita Webster—, asistí al funeral para asegurarme de que estaba muerto. Ahora, si me disculpa, señorita...

—Señora Raisin.

—Señora Raisin. Estas charlatanas me dan dolor de cabeza.

Se levantó con una cierta brusquedad y abandonó inmediatamente la sala. Esto se está poniendo cada vez más interesante, pensó Agatha. Maldito James. Indicios por aquí, indicios por allá. Seguro que le interesa toda esta información. Se pasaría a verlo antes de visitar a la señora Josephs.

A la mañana siguiente, James oyó que llamaban al timbre a las diez menos cuarto. Como una vieja solterona, apartó la cortina de la sala que daba a la calle y echó un vistazo. Ahí estaba Agatha Raisin. Volvió a asaltarlo la antigua sensación de que lo perseguía. Se fue a la cocina y se sentó. El timbre continuó sonando hasta que se impuso el bendito silencio.

Agatha caminó malhumorada y confusa por el pueblo. Un coche se detuvo a su altura, y por la ventanilla se asomó la cara animada de Bill Wong.

—¿Qué pasa, Agatha? ¿Dónde está James?

—No pasa nada, y ni sé ni me importa dónde está James Lacey.

—Lo que significa que has vuelto a asustarlo —comentó Bill de buen humor.

—No he hecho nada por el estilo y, para tu información, voy a ver a la señora Josephs, la bibliotecaria. Tiene algo importante que contarme sobre la muerte de Paul Bladen.

Bill dejó escapar un pequeño suspiro.

—Agatha, cuando se comete un asesinato de verdad, suelen salir a la luz un montón de escándalos de mal gusto que nada tienen que ver con el caso. Mucha gente sale perjudicada. Si te pones a escarbar en las intimidades de los habitantes de un plácido pueblo inglés para intentar que un accidente parezca un asesinato, obtendrás el mismo resultado, pero sin ninguna justificación. Déjalo. Haz buenas obras. Márchate otra vez al extranjero. Deja que Paul Bladen descanse en paz.

Se alejó en el coche. Bueno, y qué importa si voy a verla, pensó Agatha con testarudez. Además, me está esperando.

La señora Josephs vivía al final de una hilera de casas adosadas que en el pasado habían sido viviendas de trabajadores. La suya se veía pulcra y ordenada, con un diminuto jardín en el que las forsitias caían sobre el seto y se derramaban hasta la calle en un estallido de esplendor dorado. Un mirlo cantaba en el tejado. Desde uno de los campos que se extendían hasta el pueblo, le llegó el sonido de un cuerno de caza, y al volverse hacia la colina vio que la partida de caza se dispersaba por un prado, en una extraña perspectiva desenfocada desde su ángulo de visión.

Si lord Pendlebury formaba parte del grupo de cazadores, esperaba que se partiera el cuello. Y, con ese piadoso pensamiento, abrió la pequeña verja de hierro forjado del jardín, se acercó a la casa y llamó al timbre. No hubo respuesta. Los sonidos de la cacería se desvanecieron a lo lejos. Un avión a reacción atronó en las alturas, desgarrando el cielo.

Agatha llamó otra vez, casi a punto de echarse a llorar, preguntándose melancólicamente si todos los vecinos de Carsely se escondían detrás del sofá en cuanto la veían en la puerta.

Pero la señora Josephs le había pedido que fuera a visitarla. No tenía ningún derecho a desairarla. Agatha giró el pomo de la puerta. Se abrió con facilidad. Accedió a un pequeño recibidor con una escalera a la planta de arriba.

—¡Señora Josephs! —gritó.

La casita tenía las paredes gruesas, y dentro reinaba un silencio asfixiante. Echó un vistazo en las habitaciones de abajo; un saloncito, un pequeño comedor y, al fondo, un cubículo diminuto que hacía las veces de cocina. Agatha se quedó plantada al pie de las escaleras dudando qué hacer.

Qué siniestras parecían aquellas escaleras tan mal iluminadas. Tal vez la señora Josephs estuviera enferma. Envalentonada por esa idea, Agatha subió.

El dormitorio de la planta de arriba, a la derecha, tenía la cama hecha y se veía bien ordenado. El trastero estaba repleto de deprimentes piezas de porcelana rota, muebles viejos y maletas polvorientas. Nada raro por ahí.

Ya que estoy, podría ir al baño, pensó Agatha. Ah, ya sé qué ha pasado. Seguramente la señora Josephs quería que fuera a verla a la biblioteca. ¡Qué tonta soy! Pero qué descuidada era ella también saliendo de casa y dejándose la puerta sin cerrar. Éste debe de ser el baño.

Abrió una puerta que tenía una ventana de cristal esmerilado. La señora Josephs estaba tirada en el suelo del lavabo, con los ojos sin vida y clavados en el techo. A Agatha se le escapó un gemido. Se obligó a agacharse, le cogió el brazo y le buscó el pulso. Nada.

Bajó corriendo las escaleras y buscó el teléfono. Encontró uno en el saloncito y llamó a la policía y a una ambulancia.

El primero en llegar fue el agente Fred Griggs, el policía local. Parecía salido de un cuento infantil, con ese cuerpo enorme y la cara rubicunda.

—Está muerta —declaró Agatha—. Arriba, en el baño.

Subió las escaleras tras el voluminoso agente. Fred miró el cuerpo con tristeza.

—Tiene razón —dijo—. Lo sé con sólo mirarla. La señora Josephs era diabética.

—Así que no se ha tratado de un asesinato —concluyó Agatha.

—Pero ¿qué le ha hecho pensar eso?

Los ojitos del policía la observaban con suspicacia.

—Anoche, en la Asociación de Damas de Carsely, dijo delante de todo el mundo que tenía algo que contarme sobre Paul Bladen.

—¡El veterinario que murió! ¿Y eso qué tiene que ver con la muerte de la pobre mujer?

—Nada —murmuró Agatha—. Creo que esperaré fuera.

Al salir al jardín, oyó el ulular de las sirenas, y al momento llegó a toda velocidad una ambulancia, seguida de dos coches de policía.

Agatha reconoció al inspector jefe Wilkes y a Bill Wong. Había otros dos detectives a los que no conocía y una mujer policía.

—¿La has encontrado tú? —preguntó Bill, y Agatha asintió aturdida—. ¿A qué hora?

—A las diez —le respondió Agatha—. Te he dicho que venía a verla.

—Vete a casa —dijo Bill—. Ya pasaremos a tomarte declaración.

• • •

James Lacey escrutaba la calle plantado delante de la puerta de su casa. Había oído las sirenas. Llevaba toda la tarde, desde la llamada de Agatha, con la mirada perdida delante de la pantalla, leyendo una y otra vez el encabezamiento: «Capítulo dos.» La vio acercándose por la calle. Tenía la cara pálida.

—¿Qué ha pasado? —le preguntó, pero ella se desentendió agitando una mano.

—Más tarde.

Se sintió frustrado. Había creído que Agatha tendría la excusa perfecta para apartarse de la escritura ese día. No debería haberse comportado como un crío; tendría que haber aceptado su invitación a comer.

Volvió a su máquina y la miró con rabia. Luego oyó un vehículo que entraba en la calle y aceleraba. Era un coche de policía.

Observó con curiosidad cómo se acercaba a la casa de Agatha y se detenía delante. Reconoció a Bill Wong, con otro detective y una agente de policía. Entraron en la casa.

Se había ganado a pulso el aislamiento, pensó con tristeza. Esa condenada Raisin debía de haberse metido en alguna buena y él había quedado excluido.

Dentro de casa, Agatha respondió a todas las preguntas que le formularon. ¿Cuánto tiempo había estado en la casa de la señora Josephs? ¿Sólo unos minutos? ¿La había visto alguien antes de entrar? El detective Wong. El inspector jefe Wilkes asintió, como si Bill ya lo hubiera confirmado.

—¿De qué ha muerto? —preguntó Agatha.

—Tendremos que esperar al informe del patólogo —contestó Wilkes—. Bueno, tengo entendido que esta visita la habían acordado anoche en la vicaría. ¿Qué le dijo ella exactamente?

Agatha respondió de inmediato.

—Dijo: «Venga a verme mañana a las diez y le contaré todo acerca de Paul Bladen.»

—¿Algo más?

—Déjeme pensar. Creo que le comenté que tenía mejor aspecto, y ella respondió algo extraño. Dijo: «La venganza es mía.»

—¿Está segura?

—Completamente. Y añadió... —Agatha entornó los ojos mientras se esforzaba por recordar—. Añadió: «Voy a recibir lo que por derecho me pertenece.»

—Vaya —comentó Wilkes—. Muy críptico. Parece una novela.

—No me lo estoy inventando —le espetó Agatha—. Tengo muy buena memoria.

—A ver, la señora Josephs dijo: «Venga a las diez», y usted ha ido directamente a su casa. ¿No se le ocurrió llamarla antes por teléfono, aunque sólo fuera para confirmar la cita?

—No —repuso Agatha—, en este pueblo no utilizamos mucho el teléfono para comunicarnos. Hablamos en persona.

—La señora Josephs debería haber estado trabajando en la biblioteca. ¿Por qué no ha ido allí?

—¡Porque ni se me ha pasado por la cabeza! —gritó Agatha, exasperada—. ¿De qué co...? ¿De qué demonios va todo esto? Ha muerto por causas naturales, ¿no?

—Es raro que lo diga usted precisamente; sé por el sargento Wong, aquí presente, que está más que dispuesta a creer que la muerte de Paul Bladen fue un asesinato.

Agatha clavó una mirada de reproche a Bill Wong.

—Me preocupaba la muerte de Paul Bladen y he estado haciendo unas preguntas, nada más —dijo a la defensiva.

—¿Quién más asistió al té de la vicaría anoche?

—No se sirvió té. Sidra y queso. Puedo darle casi todos los nombres, pero mejor que pregunte a la señorita Simms, la secretaria, que toma nota de todas las que asisten a las reuniones.

Wilkes se levantó.

—Creo que esto es todo por ahora, señora Raisin. Seguramente volveremos a hablar con usted. No tenía planeado viajar a ningún sitio, ¿verdad?

—¿Qué? —Agatha lo miró fijamente—. ¿Yo? ¿Que no viaje? Usted cree que ha sido un asesinato.

—Vamos, vamos, señora Raisin, por el momento simplemente estamos investigando la muerte de una diabética. Que pase un buen día.

Bill le guiñó el ojo por detrás de la espalda de su superior y, sólo moviendo los labios, dijo: «Esta noche.»

Cuando se fueron, Agatha decidió probar otra vez con James. Qué importaba el romance. Lo que había pasado era demasiado emocionante para guardárselo. Pero él no respondió a sus llamadas a la puerta, aunque la consoló un poco ver que, en esa ocasión, su coche no estaba delante.

James se había acercado a Mircester. Para compensar a Agatha por el desplante, había pensado comprarle flores y unos bombones, pero luego se le había ocurrido una idea mejor. Si daba con la dirección de la señorita Mabbs, tendría una excusa insuperable para visitarla.

Agatha fue al Red Lion y habló largo y tendido de la muerte de la señora Josephs con los parroquianos, aunque no se enteró de nada que no supiera ya. Volvió a casa un tanto achispada, se quedó dormida y no se despertó hasta las cinco, cuando llamaron al timbre.

Con cara de sueño y algo de resaca, fue a abrir. En la puerta estaba Bill Wong.

—¡Pasa! ¡Pasa! —exclamó Agatha—. Cuéntamelo todo, pero deja que antes me prepare un café bien cargado. He bebido demasiado en el pub.

—¿Por qué se asustó Lacey? —preguntó Bill entrando sin prisa en la cocina tras Agatha.

—Yo no lo asusté... Ah, bueno, puede que sí, ayer lo invité a comer, encendí unas velas en la mesa del comedor y enseñé un poco de escote. Puso pies en polvorosa.

Llamaron a la puerta.

—Ya voy yo —dijo Bill.

Al cabo de un momento, volvía seguido de James.

—No levante la voz —pidió Bill—, nuestra Agatha tiene resaca. Ha estado ahogando las penas en el pub. Ayer se puso de tiros largos porque había invitado a comer a un ex novio de Londres, pero el caballero no se presentó y ella se olvidó de que había quedado con usted, que, de todos modos, salió corriendo.

—Oh —contestó James—. Menos mal que no soy vanidoso, porque podría haber pensado que la comida era para mí.

Bill sonrió satisfecho.

—Nuestra Agatha suele tener peces más gordos a mano, ¿verdad que sí, Agatha? ¿Por qué no se presentó tu viejo amigo?

Soy capaz de mentir tan bien como tú, pensó Agatha Raisin.

—Lo amenazaron con una fusión —contestó—. Pero va a llevarme a cenar al Savoy para compensarme por su ausencia.

James se sintió como un idiota. Tengo que dejar de imaginarme que esta mujer me persigue, se dijo.

—Bueno —Agatha les puso sendas tazas de café delante—, cuéntanos, Bill. ¿Por qué no puedo salir del país?

—¡¿De qué va todo esto?! —gritó James, exasperado—. Es por la muerte de la bibliotecaria, ¿no? No hablaban de otra cosa en Harvey's.

Agatha le refirió la visita que había concertado con la señora Josephs y cómo había descubierto el cadáver.

—A ver, Bill —dijo—, ¿ha sido un asesinato?

—Estamos esperando aún el informe del patólogo —respondió Bill—. Pero les diré algo extraoficialmente: hay algo raro.

—¿Como qué? —preguntó Agatha.

—El equipo forense ha encontrado marcas en las escaleras, desde el saloncito hasta el baño. La señora Josephs llevaba unos zapatos de calle de cuero marrón. Las escaleras no tienen moqueta. Las marcas podrían haberlas hecho sus zapatos; llevaba unas medias gruesas y se han encontrado un par de hebras en una grieta de la escalera.

A Agatha le brillaron los ojos.

—¿Quieres decir que alguien pudo matarla en el saloncito y luego arrastrarla escaleras arriba para dejarla en el lavabo?

—No acabo de entenderlo —intervino James—. Si alguien la asesinó, ¿por qué se tomó la molestia de subir el cadáver hasta allí?

—Son sólo especulaciones —respondió Bill—. Estoy hablando demasiado, y ninguno de ustedes debe decir ni una palabra de todo esto.

Ambos asintieron como muñecas chinas.

—Parece que todo el mundo estaba al tanto de que era diabética y se inyectaba insulina. ¿Y si alguien le dio un pinchazo de algo letal y luego la subió hasta el baño, donde guardaba las jeringuillas, y la dejó allí con la intención de que pensáramos que había muerto mientras se ponía sus inyecciones habituales?

James negó con la cabeza, lo que irritó a Agatha.

—Sigue sin convencerme —dijo—. Todo el mundo conoce los avances de la ciencia forense hoy en día.

—Un asesino suele estar desesperado o perturbado —insistió Bill—. Le sorprendería saber lo poco que piensan lo que hacen.

—¿Los vecinos vieron entrar a alguien en la casa? —preguntó James.

—No, pero hay una calle que pasa por los jardines de atrás. La señora Dunstable, que vive en la otra punta de la hilera de casas, dice que le ha parecido oír un coche que se detenía en el otro extremo (no puede entrarse en coche hasta el fondo), a eso de las ocho de la mañana. Lo que pasa es que ¡es sorda! Dice que ha notado las vibraciones de un coche, increíble, ¿no les parece?

—Sería un poco raro que se tratara de un asesinato —dijo James despacio—. Después de lo que ella le había dicho a Agatha delante de todas esas mujeres, sólo serviría para despertar sospechas sobre la muerte de Paul Bladen.

—También podría haberse suicidado —advirtió Bill—. Todo el mundo coincide en que estaba muy deprimida tras la muerte de su gato. Las huellas en la escalera pudo dejarlas ella misma al arrastrarse hasta la planta de arriba. Es todo lo que sabemos por el momento. Ahora tengo que volver al trabajo. Gracias por el café, Agatha.

Cuando Bill se marchó, Agatha volvió al salón, se sentó en la mesita baja y cerró los ojos.

—¿Quieres que me vaya?

—No, estoy pensando. Si yo hubiera asesinado a la señora Josephs inyectándole algo, no dejaría la sustancia entre los frascos y cajas de pastillas del lavabo. No soy una asesina muy lista. Piensa en las marcas de la escalera. Así que me voy con el frasco o la ampolla que he utilizado en el bolsillo. Estoy sudando, presa del pánico. —Abrió los ojos—. Lo tiraría por la ventanilla.

—Es una idea —dijo James—. Y la carretera que sale del final de la calle de atrás lleva a la mansión de lord Pendlebury. No hacemos nada malo si echamos un vistazo, supongo. Llevaremos unas bolsas de basura para que la gente nos tome por voluntarios del Ayuntamiento que limpian el campo. Pero, si encuentras algo sospechoso, déjalo donde esté y llama a la policía, porque si no creerán que lo has puesto tú.

Fueron en el coche de Agatha. Ella condujo hasta la calle trasera y se quedó dentro, sentada con el motor encendido, imaginándose que había cometido el asesinato. Entonces arrancó y frenó de golpe.

—¿Por qué aquí? —preguntó James.

—Porque aquí es donde lo tiraría yo si fuera una asesina —dijo Agatha.

Comenzaron a revisar la carretera arriba y abajo, por el arcén derecho, adonde habría ido a parar cualquier cosa que hubiera tirado un conductor. Afortunadamente, la gente de los Cotswolds es muy cuidadosa con la basura, así que, tras una hora de esmerado registro, habían encontrado poco más que una pluma rota y una sandalia.

—Está anocheciendo y tengo hambre —se quejó James.

—Probemos un poco más adelante, cerca de la finca —le rogó Agatha—. Sólo un rato más.

—Maldita sea, hace unos días le prometí a Freda Huntingdon que quedaríamos en el Red Lion a las siete. Además, está oscureciendo.

—Tengo una linterna en el coche.

Agatha estaba resuelta a retenerlo cuanto le fuera posible.

—Bueno, sigamos un poco más.

Condujeron por la carretera unos metros y volvieron a bajarse. Agatha cogió la linterna, y James hurgó sin mucho interés entre los setos. Al cabo de media hora de búsqueda paciente, a paso lento, Agatha gritó «¡Eureka!». James soltó con irritación:

—Como sea otro zapato o algo por el estilo... Freda estará...

—¡Ven! ¡Mira esto!

Se acercó dando pisotones. Agatha apuntó con la linterna unos arbustos y ortigas enmarañados en el arcén. Al fondo de la cuneta se veía un pequeño frasco marrón de farmacia.

—Vaya, que me parta un rayo —dijo él, abrazándola.

Agatha, agradeciendo la oscuridad, se ruborizó con gusto.

—Quédate aquí y vigílalo —pidió emocionada—, voy a llamar a Bill Wong.

James esperó y esperó. Miró su reloj y en la esfera luminosa vio que eran casi las ocho. En realidad no hace falta que me quede aquí, pensó entonces. Cogió una vara que había cortado antes de un seto para ayudarse a hurgar, la clavó en la cuneta junto al frasco y ató su pañuelo en la punta, como si fuera una bandera. Ya podía irse tranquilamente al pub, y la policía y Agatha no tendrían problemas en encontrar la señal. Salió a la carretera.

Agatha esperaba en la puerta de casa, mordiéndose las uñas. Bill le había dicho: «Quédate donde estás», y eso hacía. Pero James debía de estar preguntándose qué había pasado.

Con un suspiro de alivio, vio asomar el morro del coche de policía por la calle y corrió hacia él. Dentro iban Bill y otro detective.

—Sube —le dijo— y llévanos hasta esa pista que dices que has descubierto. No hemos encontrado a Fred Griggs. Es su noche libre.

Agatha no daba crédito cuando recorrieron la carretera y no vieron ni rastro de James. Peor aún, no recordaba exactamente dónde habían hallado el frasco, así que revisaron el arcén arriba y abajo durante un buen rato hasta que Bill por fin descubrió la vara con el pañuelo atado en la punta.

—Al menos ha marcado el punto —dijo Bill, agachándose, e iluminó con una potente linterna la zona que rodeaba a la vara—. No parece que haya nada, Agatha.

Agatha se asomó por encima del hombro del detective.

—¡Pero si estaba ahí! —exclamó—. Dios, ¿dónde está James? Como se haya ido tan pancho a buscar a esa fulana al pub, lo mato.

Bill y el otro detective registraron de forma pausada y cuidadosa los alrededores, pero no dieron con el frasco.

Finalmente Bill se irguió con un suspiro.

—¿Crees que Lacey está en el pub?

—Oh, estoy segura —contestó Agatha con rabia.

Era una noche bulliciosa en el Red Lion. El pueblo entero parecía haberse congregado en el pub. James se sorprendió cuando le palmearon el hombro y en voz baja le dijeron:

—Policía. ¿Sería tan amable de salir, señor Lacey?

Siguió al detective y, cuando se encontró ante un excepcionalmente serio Bill Wong y una hosca Agatha, lo invadió un sentimiento de culpa.

—Me temo que no debería haberme ido —dijo de manera apresurada—, pero ¿no han encontrado la vara con el pañuelo atado?

—La hemos encontrado, sí, pero no había ni rastro del frasco —replicó Bill—. ¿A qué hora se ha venido para el pub?

—Justo pasadas las ocho. Había quedado con Freda... con la señora Huntingdon.

—¿Le ha contado a la señora Huntingdon o a alguien del pub lo que había encontrado?

—Bueno... —dijo James, revolviéndose incómodo.

El policía que lo había hecho salir del pub había vuelto a entrar, si bien había regresado junto a ellos a tiempo de escuchar la última pregunta de Bill.

—Si puedo hablar un momento con usted, señor... —dijo, e hizo un aparte con Bill.

James Lacey no alzó la vista del suelo.

Bill se acercó y miró a James.

—Bien, tengo entendido que le ha contado a la señora Huntingdon que ha salido con la señora Raisin y ha encontrado una pista sobre la muerte de la señora Josephs, que había un frasco de farmacia en la cuneta y que ha dejado el pañuelo como bandera de aviso para marcar el lugar. La señora Huntingdon parece que ha dicho en voz alta, dirigiéndose a todos los parroquianos: «Tenemos un auténtico sabueso entre nosotros. ¿Verdad que James es muy inteligente?», y luego ha contado lo del frasco.

—Mire —dijo James, que parecía desesperado—. No soy policía. Me he tomado esto como una especie de juego. Pero es posible que haya clavado la vara en el lugar equivocado. Volvamos y echemos otro vistazo.

—Vayamos, entonces —concedió Bill—. Ya lo había pensado y he pedido refuerzos.

Agatha no dirigió la palabra a James y se subió en la parte de atrás del coche de Bill.

—Si es tan amable, señor —dijo un agente a James, a quien hizo subir a otro coche.

Cuando llegaron, había policías por todas partes, registrando los setos. Entonces se oyó un grito triunfal. Uno de los agentes, agachado a unos metros de donde James había clavado la vara, agitó un brazo emocionado. Y allí, al apartar una mata de hierba alta, había un pequeño frasco de farmacia.

Lo recogieron cuidadosamente con unas pinzas, lo colocaron sobre una tela limpia y entonces se lo enseñaron a Agatha.

—Estoy segura de que era de otra forma —dijo Agatha—, y éste no lleva etiqueta. Estoy convencida de que el que he visto tenía todavía un trozo de etiqueta.

—Puede irse a casa, señora Raisin —le indicó Bill—. La avisaremos cuando la necesitemos.

—No sabe cuánto lo siento... —dijo James desconsolado.

—Usted también, señor Lacey, váyase. Estaremos en contacto.

James miró a Agatha.

—Debes de pensar que soy un imbécil redomado.

Agatha abrió la boca para decir que sí, que pensaba que era imbécil, pero en ese instante se acordó de cómo la había ayudado a salir bien parada de su propia imbecilidad con el lavamanos, de modo que dijo:

—Volvamos a pie hasta mi casa, tomemos un café y pensemos un poco en lo que ha sucedido.

Él se colocó a su altura.

—Lo que creo —dijo Agatha— es que el asesino debía de estar en el pub y ha oído a Freda. Entonces él, o ella, ha salido un momento: ha ido corriendo por la carretera, ha recogido el frasco, se ha escondido y ha visto llegar a la policía, luego ha esperado a que los agentes se marcharan al pub para interrogarte y entonces ha dejado otro frasco con alguna sustancia inocua.

—Pero, para empezar, un asesino inteligente no habría tirado el frasco —objetó James.

Continuaron caminando en silencio, sumidos en sus propios pensamientos.

Ya en la cocina de casa, tomando café, Agatha, que hacía mucho rato que estaba callada para tratarse de ella, dijo:

—He estado pensando.

—¿Qué?

—Los asesinos inteligentes sólo deben de existir en la ficción. Para quitar una vida tienes que estar loco, al menos de forma transitoria. ¿Y si una mujer se hubiera enterado de que Paul iba a estar aquel día en la finca de lord Pendlebury? Cegada por la rabia, lo golpea en la cabeza y luego le clava la jeringuilla sin saber siquiera que el contenido es letal. Él muere. Ella huye. Ahora ha cometido un asesinato y está perturbada de verdad, además de muy asustada. Oye a la señora Josephs hablando conmigo en la vicaría, cree que tiene que silenciarla y sabe que es diabética. Le inyecta Dios sabe qué, presa del pánico, e imagina que si encuentran el cadáver en el lavabo darán por supuesta una muerte natural. Luego, cuando está en el pub, oye a Freda. Más pánico. Va a recoger el frasco. Más pánico. Pone otro en su lugar.

Estuvieron hablando una hora más, hicieron una lista de las mujeres que se encontraban en la vicaría y de todas las que James recordaba haber visto en el pub. Entonces sonó el teléfono. Agatha fue a contestar, luego volvió y se sentó con gesto cansado a la mesa.

—Era Bill. La señora Josephs fue asesinada. Alguien le inyectó una dosis de adrenalina en el flujo sanguíneo.

—¿Dónde puede conseguirse adrenalina?

—Al principio he pensado en Peter Rice, porque los veterinarios tienen, pero no estaba en el pueblo. Bill ha dicho que los granjeros suelen contar con una reserva, aunque se inspeccionan regularmente los medicamentos que poseen para comprobar que están a buen recaudo.

—¡La señorita Mabbs! —soltó James de repente.

—¿Qué le pasa?

—Por eso he venido a verte antes. He encontrado su dirección. Vive en Leamington Spa.

—Espera un momento. No estaba en la vicaría, y tampoco en el pub esta noche.

—No, pero podría andar merodeando cerca. En cualquier caso, sabrá más de Paul Bladen que la mayoría. Trabajaba con él.

Agatha se decidió.

—Mañana le haremos una visita.

6

Agatha y James no pudieron salir hacia Royal Leamington Spa hasta una hora avanzada del día siguiente porque se produjo otro incidente en Carsely. Alguien había entrado a robar en la consulta del veterinario y había arrasado con el botiquín. Lo había ejecutado con rapidez y eficiencia. La puerta de atrás tenía un cristal roto, lo que permitió al ladrón introducir la mano para abrirla.

—Así que la adrenalina seguramente procedía de ahí —dijo un Bill Wong de aspecto agobiado—. Salvo que el agente Griggs dijo que había comprobado todos los establecimientos en sus rondas y que no había visto ninguna señal de robo hasta anoche.

—Seguramente no se fijó en el cristal roto —comentó James.

—Fred Griggs es un agente concienzudo —repuso Bill.

—¿Quieres decir que alguien ha querido hacer creer a la policía que la adrenalina procedía de ahí? —preguntó Agatha.

—Podría ser. Aunque ¡qué absurdo y complicado! Y hace que aún sea más sospechosa la muerte de Paul Bladen. No se nos ocurre nadie que quisiera matar a la señora Josephs.

Luego, esta vez de forma concienzuda, los agentes tomaron declaración a Agatha y a James sobre el hallazgo del frasco.

—Hemos analizado el que encontramos después y contiene rastros de un tranquilizante. Hemos comprobado los datos con el médico local, y les sorprendería saber cuántas mujeres toman tranquilizantes en los tiempos que corren —añadió Bill—. Ahora tengo algo que decirles, a los dos. A veces la policía parece muy lenta y dubitativa, pero es el modo más seguro de trabajar, por eso no podemos permitir que dos aficionados vayan por ahí haciendo preguntas. Por favor, no vuelvan a entrometerse.

—Si no nos hubiéramos entrometido, como dices —intervino Agatha enojada—, seguiríais creyendo que la muerte de Paul Bladen fue un accidente.

—Y la señora Josephs tal vez seguiría viva. Déjalo en nuestras manos, Agatha.

Cuando se marcharon los policías, James dijo de mala gana:

—Parece que no somos muy populares.

—No, creo que será mejor que lo dejemos —añadió Agatha sin pensarlo—. Tal vez debería dedicarme a la jardinería.

—A tu jardín de delante le iría bien algo de atención —dijo James—. Ven y te enseño qué quiero decir.

Agatha fue la primera en salir por la puerta. Nada más mirar la calle, vio a Freda Huntingdon en el umbral de la casa de James y se metió dentro tan deprisa que tropezó con él.

—He cambiado de opinión. —Cerró la puerta de golpe y volvió a la cocina—. Tómate otro café y te cuento.

En cuanto se sentaron de nuevo, empezó a decir:

—Mira, tal como yo lo veo...

Llamaron a la puerta, con un timbrazo urgente e imperioso.

—¿No vas a abrir? —preguntó él.

—Supongo que no me queda otra.

Agatha se levantó con desgana. Pegó el ojo a la mirilla. Freda estaba en el umbral. Agatha volvió a la cocina y se sentó.

—Un vendedor de ventanas dobles. Son muy agresivos. No merece la pena ni abrirles.

El timbre sonó de nuevo con estridencia, y Agatha hizo una mueca.

—Iré yo —dijo James, y se levantó.

—No, siéntate, por favor. Creo que deberíamos ir a Leamington a interrogar a la señorita Mabbs. A eso no pueden llamarlo «entrometerse». Sólo le haríamos unas preguntas. Si supiéramos cómo era en realidad Paul Bladen, quizá averiguaríamos qué se oculta detrás de su muerte. Después de todo, ¿qué puede empujar a una persona a matar a otra?

—La pasión —dijo James—. Una mujer de las que había dejado plantadas.

—O el dinero —añadió Agatha, recordando su desafortunada experiencia en Londres.

Pero James, que vivía tranquilamente de rentas y una pensión del ejército, negó con la cabeza.

—No tenía mucho que dejar, no según los patrones actuales.

Llamaron al timbre una vez más.

—No —dijo Agatha con firmeza—. Espera y quienquiera que sea ya se marchará. ¿En qué dirección de Leamington vive la señorita Mabbs?

Él sacó un cuaderno y pasó las páginas.

—Aquí está. La señorita Cheryl Mabbs, de veintitrés años, empleada sólo durante el breve periodo que estuvo abierta la consulta en Carsely, vive en el número 43 de Blackbird Street, en Royal Leamington Spa.

Agatha aguzó el oído, pero no le llegó ningún sonido del exterior, aunque la casa estaba tan aislada que casi nunca oía nada.

—Subiré a arreglarme un poco —dijo— y nos vamos. Si vuelven a llamar al timbre, no hagas caso.

Arriba, se asomó a la ventana del dormitorio y vio con satisfacción cómo se perdía de vista la delgada figura de Freda.

Se puso maquillaje, no demasiado para no ahuyentar a James otra vez, se roció unas gotas de Rive Gauche y bajó. Dio de comer a los gatos y, como el día no era especialmente frío, los dejó salir al jardín trasero.

—¿Por qué no pones una gatera? —preguntó James.

—Me han dado algunos sustos —contestó Agatha—, y cuando pienso en una gatera me viene a la cabeza la imagen de un ladrón enano que entra arrastrándose por ella como una serpiente.

—Esas cosas no pasan. No le des más vueltas —dijo James, que de algún modo sentía que debía compensarla por haber abandonado su puesto la noche anterior—, te compraré una y te la instalaré.

Agatha lo miró risueña. Qué familiar se estaba volviendo su relación. Sería una boda sencilla, en la misma iglesia de Carsely. Aunque se sentía demasiado mayor para ir de blanco. Tal vez llevaría un traje de seda y un sombrero bonito. Eso sí, la luna de miel en un lugar exótico. «La famosa detective Agatha Raisin se casa», dirían los titulares de la prensa local.

James la miró con inquietud. Los pequeños ojos de Agatha mostraban un extraño aspecto vidrioso.

—¿Te encuentras bien? —le preguntó—. Tienes el mismo aspecto que yo cuando sufro una indigestión.

—Estoy perfectamente. —Agatha volvió a la tierra de golpe—. Vamos.

Leamington, o Royal Leamington Spa, por utilizar el nombre completo que poca gente usaba, se hallaba relativamente cerca, y llegaron en menos de una hora.

El día se había encapotado y teñido de gris, pero la atmósfera seguía extrañamente tibia. Aunque Leamington estaba en medio de la campiña, Agatha se imaginaba que tendría el aire de un pueblo costero, como Eastbourne o Brighton, donde uno siempre espera ver el mar a la vuelta de cada esquina.

James, sacando de quicio a Agatha, dijo que quería echar un vistazo a los jardines públicos antes de emprender ninguna labor detectivesca. Ella caminaba a su lado dando pisotones y con cara de agobiada mientras él se deleitaba con plantas y flores. En el fondo, Agatha tenía celos del paisaje; cuánto le habría gustado que le dedicara también a ella alguno de aquellos elogios extasiados. Lo miró de soslayo. James paseaba tranquilamente, con las manos en los bolsillos, en paz con el mundo. Se preguntó qué opinaría de ella. De hecho, se preguntó qué opinaba de cualquier cosa. ¿Por qué no se había casado? ¿Era gay? Aunque, bien pensado, había abandonado su magnífica pista para salir corriendo detrás de una estúpida zorra como Freda Huntingdon.

En ese momento, James miraba embelesado un exuberante cerezo en flor.

—¿Vamos a pasarnos el día entero contemplando la naturaleza o vamos a hacer algo?

Él la miró entre divertido y resentido. De pronto Agatha se lo imaginó acompañado de otra mujer que compartiera su entusiasmo por el paisaje, que se supiera todos esos nombres de la aristocracia rural de los que había hablado en aquella antigua casa señorial, y se sintió intimidada y ordinaria.

—Muy bien —dijo James afablemente—, vamos.

Sacó un pequeño callejero del pueblo y lo consultó.

—Podemos ir andando —indicó—. No queda lejos.

Se pusieron en camino.

—¿Dónde trabaja? —le preguntó Agatha—. Ah, ¿y cómo has conseguido información sobre ella?

—No sé dónde trabaja, pero su dirección me la dio Peter Rice en Mircester. No es enfermera veterinaria, sólo recepcionista.

Agatha empezó a preguntarse si iban a llegar, pues la idea de «no quedar lejos» de James era muy distinta de la suya. Finalmente, llegaron a una larga calle de tiendas con viviendas encima. Las tiendas probablemente habían sido tiendas desde siempre. Los edificios, de estilo georgiano y destartalados, tenían el estuco agrietado y fachadas mugrientas que databan de antes de la promulgación de la Ley de Aire Limpio, cuando el hollín lo cubría todo.

Eran las seis. La mayoría de las tiendecitas habían cerrado, y la calle estaba tranquila. Agatha rememoraba los tiempos en que las calles como ésa estaban llenas de niños gritando y jugando a la rayuela, a la pelota, a indios y vaqueros. En ese momento, debían de estar todos dentro de casa, viendo la tele o jugando a videojuegos. Era triste.

El número 43 lo encontraron en una escalera entre dos tiendas que llevaba a los pisos de arriba. En el rellano superior, había una puerta de madera desvencijada, y a su lado, una hilera de timbres con nombres en tarjetas al lado de cada uno. No aparecía ninguna Mabbs.

—Debo de tener mal la dirección —dijo James.

—No he caminado hasta aquí para nada —repuso Agatha con impaciencia, sobre todo porque le dolían los pies. Llamó al timbre que le quedaba más cerca.

Al cabo de un momento, abrió la puerta una jovencita flaca, con aspecto anémico y el pelo rubio pringado de fijador para que le quedara de punta.

—¿Qué quieren? —preguntó.

—Buscamos a la señorita Cheryl Mabbs —le dijo Agatha.

—Es el timbre cuatro —dijo la chica—, pero no la encontrarán. Jerry y ella han salido.

—¿Adónde?

—Y yo qué sé. Normalmente van a comer pescado con patatas fritas y luego a la disco.

—¿Dónde está la disco? —preguntó sonriente James, y la chica le devolvió la sonrisa.

—No es de vuestro estilo —contestó—. Está calle abajo. Rave On Disco. Es imposible no verla. Si esperáis, un poco más tarde oiréis el ruido.

—Bueno, hasta aquí hemos llegado —dijo James cuando volvieron a la calle.

—No, ni hablar. —Agatha lo miró—. Podríamos comer algo y pasarnos luego por la discoteca.

Él se apartó un poco y se quedó con la mirada perdida a lo lejos.

—Creo que preferiría volver a casa, Agatha. Como ha señalado la joven, las discotecas no son de mi estilo.

Agatha lo miró fijamente.

—Tampoco del mío —soltó; le palpitaban los pies.

Él se quedó quieto, mirándola desde las alturas con educada incomodidad, a todas luces deseando que ella cediera.

—¿Cenamos y nos lo pensamos? —sugirió Agatha.

—Sí, supongo que tengo hambre. Pero es un poco temprano para cenar. Busquemos un pub.

Delante de unas copas, a las que seguiría más tarde una humilde cena en un restaurante indio, Agatha llegó a la conclusión de que, cuanto más tiempo pasaba con James, menos parecía saber sobre él. James daba la impresión de poseer un repertorio interminable de temas impersonales de los que hablar, de política a jardinería, pero nunca desvelaba lo que pensaba en realidad sobre algo en concreto.

Sin embargo, aceptó ir a la discoteca.

Volvieron a Blackbird Street. Oían el sordo pum, pum, pum de la música a medida que se acercaban.

La discoteca se llamaba Rave On y era un club, pero accedieron sin problemas tras pagar una modesta entrada.

—Diviértase, abuela —le dijo el gorila a Agatha, que lo fulminó con la mirada.

—Que te den.

Y entonces advirtió que el semblante de James había adoptado de nuevo aquella típica expresión hermética.

Dentro, la discoteca estaba llena de cuerpos que se retorcían bajo luces estroboscópicas. Seguida de cerca por James, Agatha se abrió paso a codazos hasta una barra acolchada de plástico negro que había en un rincón.

James pidió un agua mineral para Agatha, que era la que conducía, y un whisky con agua para él.

—¡¿Cuánto es?! —gritó al camarero, un joven pálido con la cara demacrada y llena de granos.

—Corre por cuenta de la casa, agente —dijo el camarero.

—No somos policías.

—En ese caso, pague, jefe. Tres libras cada bebida. Seis en total, caballero.

—¿Conoces a Cheryl Mabbs? —preguntó James—. Somos amigos suyos.

El camarero señaló con el dedo.

—Está ahí, en aquella mesa; es la del pelucón naranja y rosa.

Entre las machacantes luces de discoteca y los cuerpos que se retorcían sin parar, distinguieron un destello de rosa y naranja en un rincón del fondo.

—Bébetela —dijo James, que se acabó su copa de un trago.

—¡No me apetece! —gritó Agatha por encima del alboroto—. El agua para los peces.

Los ojos de James habían adoptado aquella mirada inexpresiva que Agatha había acabado por interpretar como una señal de desaprobación. No obstante, dijo:

—Más vale que nos abramos paso bailando. Llamaremos menos la atención.

James se mezcló con los cuerpos que bailaban, agitando alegremente los brazos en el aire y dando vueltas como un derviche. Agatha intentó imitarlo, pero se sintió ridícula. Los adolescentes estaban dejando de bailar y jaleaban a James.

Para no llamar la atención, dice, pero si la discoteca entera nos está mirando, pensó Agatha refunfuñando.

Tras unas cuantas vueltas más, James se detuvo delante de la mesa de Cheryl y recibió una calurosa ovación de los clientes.

Era una señorita Mabbs muy distinta de la jovencita tranquila y pálida con bata blanca que Agatha había visto por primera vez en la consulta del veterinario. Tenía el pelo rociado de pintura rosa y naranja y peinado en lo que Agatha sólo podía calificar de crestas.

Llevaba una chaqueta de cuero negra con tachuelas y una camiseta amarilla con un lema que Agatha no podía leer en aquella penumbra. A su lado había un joven, también con chaqueta de cuero y cara de zorro borracho.

—¡Señorita Mabbs! —exclamó Agatha—. La estábamos buscando.

—¿Quién demonios es usted? —replicó la chica, que cogió su copa, que era de un color tan desagradable como su pelo, apartó con la nariz la sombrillita de papel y bebió con la pajita.

—Soy Agatha Raisin —dijo tendiéndole la mano.

—¿Y qué? —farfulló Cheryl.

—La conocí en el veterinario de Carsely. Llevé a mi minino.

—¿Que le llevó el chumino? —preguntó el acompañante de Cheryl con una risotada—. ¿Y qué, hubo suerte?

Cheryl se rió tontamente.

—Escucha —intervino James con el tono autoritario de las clases altas—, ¿podemos ir a un sitio más tranquilo para hablar?

—Pírese —le espetó Cheryl, pero el joven le puso una mano en el brazo. Sus ojos de zorro brillaron mirando a James.

—¿Y nosotros qué sacamos?

—Diez libras y una copa —contestó James.

—Vale —dijo—. Vamos, Cher.

Al poco estaban todos sentados en un pub sórdido y tranquilo, tal vez uno de los pocos que quedaban en Gran Bretaña sin una tragaperras ni una máquina de discos ni hilo musical. A las mesas de los rincones había sentados unos cuantos ancianos. El bar olía a humedad, a cerveza rancia y a viejo.

—¿Qué quieren saber? —preguntó Cheryl Mabbs.

—Es sobre Paul Bladen —respondió Agatha con impaciencia—. Ahora parece que fue asesinado.

Por primera vez la cara de la chica expresó interés.

—Y yo que creía que nunca pasaba nada emocionante en ese pueblo de mierda. Yo prefiero una vida más cosmopolita, ya sabe —soltó, como si Leamington Spa fuera París—. ¿Y quién lo hizo?

—Eso es lo que queremos averiguar —dijo James—, ¿alguna idea?

Ella frunció el ceño en un gesto horroroso y dio un largo trago a su copa de sidra de pera con brandi.

—Podría haber sido cualquiera —contestó por fin.

—Y también está lo de la señora Josephs —añadió Agatha, y le contó lo del asesinato.

—Yo ya le advertí que le traería problemas cargarse ese gato viejo —afirmó Cheryl—. A él no le gustaban los gatos, eso es una verdad como una catedral. Odiaba las mascotas pequeñas. Pero engatusaba a las viejas con una invitación a cenar. Siempre estaba sacando a alguna por ahí.

—¿Por qué? —preguntó Agatha.

—¿Por qué iba a ser? —respondió Cheryl—. Buscaba su dinero, supongo; si no, ¿qué otra razón podría haber?

—¿Y para qué quería el dinero? —preguntó James, lanzando una mirada comprensiva a Agatha, que en ese momento fulminaba con la suya a Cheryl—. Porque dejó una buena herencia.

—Eso me parecía a mí, nada más. Andaba detrás de esa Freda Huntingdon. Los pillé dale que te pego.

—¿Dónde? —preguntó Agatha mirando triunfante a James.

—En la misma mesa de reconocimiento. Ella tenía la falda levantada hasta las orejas, y él los pantalones por los tobillos. Casi me muero de risa. Pero con las demás creo que no llegó a ir más allá de cogerlas de la mano e invitarlas a cenar por ahí. Aunque tuvo que darle mucha coba a la señora Josephs, eso sí. Esa mujer le estaba poniendo las cosas difíciles por lo del gato. Y luego estaba esa otra vieja rarita, Webster, sí, así se llamaba.

Agatha volvió a fruncir el ceño. Josephine Webster, la dueña de la tienda de flores secas, era seguramente más joven que ella.

—Ninguna de esas mujeres es tan mayor —objetó.

Cheryl se encogió de hombros.

—Para mí todas parecen tener un siglo o dos —dijo con la insensibilidad de los jóvenes.

—¿Y se dedicó también a esos coqueteos en Mircester? —preguntó James.

—Por entonces yo no lo conocía —respondió Cheryl—. Vi el anuncio en que buscaban una recepcionista para un veterinario y conseguí el puesto.

—¿Y qué va a hacer ahora?

—Trabajar en una residencia para perros. En las afueras de Warwick. —La expresión de Cheryl se ablandó—. Me gustan los animales. Mucho más que las personas.

—Lo único que hemos sacado de esa encantadora pareja —dijo James cuando volvían en coche a Carsely— era lo que esperábamos. Que Paul Bladen se dedicaba a engatusar a las damas de Carsely...

—Y que se tiraba a una —añadió Agatha con una sonrisa malévola.

—Debo confesar que me ha sorprendido mucho enterarme de eso de Freda —comentó él con incomodidad—. ¿Crees que nuestra señorita Mabbs ha podido inventárselo?

—Ni por asomo —dijo Agatha regodeándose.

—Ya, bueno, supongo que ahora deberíamos concentrarnos en la señorita Webster. Luego tenemos que visitar a la señora Mason. ¿Y quién era la otra a la que viste en el funeral?

—Harriet Parr.

—Mañana iremos a verlas a todas —dijo James—. Pero más vale que no le contemos a Bill Wong lo que estamos haciendo.

—Pese a todo, no dejo de pensar en que la clave de todo está en su ex esposa. Ella debía de conocerlo mejor que nadie. ¿Y quién era la mujer que contestó al teléfono la noche que llamé y dijo ser su mujer? Apostaría a que era nuestra señora con las faldas hasta las orejas: Freda Huntingdon.

—¿Te importaría olvidarte un rato de Freda? —dijo él.

Agatha lo miró de soslayo cuando se acercaban a las luces naranja de una rotonda. Su expresión era lúgubre.

Maldita Freda, pensó Agatha con amargura, y pisó con más fuerza el acelerador. El coche salió disparado hacia casa a través de la noche.

—¿Crees que hay un señor Parr, que está casada? —preguntó James al día siguiente, cuando Agatha y él recorrían el pueblo para proseguir sus pesquisas.

—Diría que no. Hay un montón de viudas por aquí. Los hombres no viven mucho.

—Seguramente sólo los casados —dijo James.

Se metió las manos en los bolsillos y empezó a silbar algo, una melodía complicada, probablemente Bach u otro de esos pelmazos antiguos, pensó Agatha.

La señora Harriet Parr vivía en un chalet moderno en las afueras del pueblo. Cuando llegaron a la puerta, Agatha soltó:

—Esto es una pérdida de tiempo.

—¿Por qué?

—No recuerdo haber visto a ninguna señora Parr en la vicaría, y si no estaba allí para oír lo que me comentó la señora Josephs, ¿cómo podría estar involucrada?

—Tal vez la señora Josephs hubiera ido por ahí contándolo antes.

—Oh, bueno, hagámoslo de una vez.

La señora Parr les abrió la puerta. Agatha empezó diciendo que no se conocían, pero que al señor Lacey y a ella les gustaría hacerle unas preguntas, y al momento se encontraron en un salón de lo más acogedor. Agatha contó seis gatos. Producía cierta sensación de claustrofobia ver tantos gatos juntos en una habitación. Le dio la impresión de que algunos de ellos estarían mejor en el exterior.

La señora Parr era una mujer menuda, de pelo negro rizado y con una extraña figura de reloj de arena. Agatha concluyó que debía de llevar corsé. Tenía las mejillas curtidas y rojizas, y unos labios pequeños y delgados que, al hablar, dejaban al descubierto unos dientes afilados.

Pasó un buen rato antes de que Agatha pudiera empezar a preguntar, porque la señora Parr les presentó todos y cada uno de los gatos a James y a ella. A continuación se desvivió por James, se interesó por si estaba cómodo y le puso unos cojines en la espalda, hasta que finalmente corrió a buscar el té y «unos bollos especiales que preparo».

—No hay ningún señor Parr —susurró Agatha.

—A lo mejor está trabajando —adujo James.

La señora Parr volvió con una bandeja llena. Una vez servido el té y elogiada la suavidad de los bollos, Agatha dijo:

—Por cierto, nos gustaría que nos contara qué sabe de Paul Bladen.

La taza de la señora Barr tintineó encima del platillo.

—Pobre Paul —dejó la taza y el platillo en la mesita, y se toqueteó los ojos con un pañuelo de papel arrugado—, tan joven y tan valiente.

—¿Valiente?

—Iba a fundar una clínica veterinaria. Tenía grandes sueños. Dijo que sólo podía explicármelos a mí. Yo era la única con la imaginación suficiente para compartir su visión.

Entonces se abrió la puerta principal.

—Mi marido —susurró la señora Parr—. No...

Se abrió la puerta del salón y entró un hombre alto y delgado de mediana edad, con la cara gris y una nuez prominente que oscilaba sobre el cuello rígido de la camisa.

—Son unos vecinos del pueblo, querido —dijo la señora Parr—. La señora Raisin y el señor Lacey. Los dos viven en Lilac Lane. Están probando mis bollos.

—¿A qué han venido? —preguntó el señor Parr bruscamente.

—Estábamos haciendo unas preguntas sobre Paul Bladen, supongo que lo conocerá, el veterinario al que encontraron muerto.

—Fuera de aquí —masculló el señor Parr, que mantenía la puerta abierta—. ¡Fuera!

—Sólo estábamos... —dijo Agatha, pero no pudo pronunciar ni una palabra más.

—¡Fuera de aquí! —gritó a pleno pulmón, con la cara enjuta rezumando rabia—. Y no vuelvan. Déjennos en paz.

—Lamento mucho haberlo molestado tanto —dijo James educadamente cuando él y Agatha pasaron por delante del enfurecido marido.

—¡Vete a la mierda, pijo gilipollas! —gritó el señor Parr, y escupió a James en toda la cara.

Siguió un silencio aterrador, salpicado sólo por los sollozos de la señora Parr. James se limpió lentamente la cara con un pañuelo. El señor Parr había empezado a temblar, espantado ante la gravedad de lo que acababa de hacer.

James puso sus enormes manos sobre los hombros del señor Parr y lo zarandeó, marcando cada zarandeo con estas palabras:

—No... vuelva... a... hacerme... eso... en... su... vida.

Entonces lo soltó de golpe y salió dando grandes zancadas, con Agatha pegada a él.

—Pues sí que estamos removiendo porquería, Agatha. —Suspiró y se volvió hacia la pulcra casita—. ¿Sabes?, a veces, cuando volvía a casa de permiso, miraba cottages como éste desde el tren e imaginaba unas vidas acogedoras y tranquilas. Pero qué dramas tan espantosos, cuántas emociones contenidas se esconden tras estas fachadas con nombres tan bonitos como Mon Repos o Shangri-La, cuánto caldo de cultivo para el asesinato.

—Ah, sí, es un lugar bastante animado, el campo, me refiero —contestó Agatha de buen humor—. Me parece que estamos en el buen camino. Es posible que la señora Parr tuviera un lío con Bladen. Veamos ahora qué nos cuenta Josephine Webster.

—Tal vez antes deberíamos visitar a Freda Huntingdon.

—¿Cómo? ¿A esa zorrita? ¿Cómo puedes mirarla a la cara sin sonrojarte? —preguntó Agatha.

Él se paró y la miró fijamente, se metió las manos en los bolsillos y se balanceó sobre los talones. Un destello de malicia brilló en sus ojos.

—Todo lo contrario, Agatha, la imagen de Freda Huntingdon con la falda por las orejas me parece bastante sugerente.

Agatha siguió caminando.

Muy bien, visitarían a Freda, porque Agatha de pronto tuvo la corazonada, como si se tratara de una reacción instintiva, de que era la asesina. Ella, Agatha Raisin, lo demostraría. La policía se la llevaría a rastras. La condenarían a cadena perpetua. La apartarían para siempre de la sociedad, y James no volvería a verla en la vida.

—¿Por qué vas tan rápido? —preguntó James quejicoso desde algún lugar a su espalda—. Creía que no tenías muchas ganas de ver a esa mujer.

—He cambiado de opinión y he pensado que, después de todo, sí quiero visitar a la querida Freda —le espetó Agatha.

Droon's Cottage, la casa que había comprado Freda, se encontraba a las afueras del pueblo, en una colina. Era un edificio de estilo georgiano, con una espléndida glicina cayendo sobre su puerta Regency, cuyas flores empezaban a brotar.

—El timbre no funciona —dijo James, y Agatha frunció el ceño con asco ante esa señal de lo bien que conocía la casa de Freda.

La puerta la abrió Doris Simpson, que limpiaba para Agatha.

—¿Qué haces aquí? —preguntó Agatha, que creía que esa excelente mujer de la limpieza era de su propiedad exclusiva, aunque Doris sólo iba a su casa un día a la semana.

—Le hago la limpieza a la señora Huntingdon, Agatha —dijo Doris, y Agatha pensó que Doris al menos debería haber tenido el detalle de dirigirse a ella como «señora Raisin» delante de James.

—¿Está en casa? —preguntó James.

—No, James, ha ido a la finca de lord Pendlebury. Tiene un caballo, y él se lo guarda en sus cuadras. Por cierto, gracias de parte de Bert por los libros que le prestaste.

—Pues nos acercaremos a la casa de Pendlebury y hablaremos con ella allí —contestó James.

—No sabía que conocías a Bert y Doris Simpson —dijo Agatha.

—A veces me tomo una copa con ellos en el Red Lion. ¿Vamos andando hasta la casa de Pendlebury? Hace buen día.

Para cuando llegaron a Eastwold Park, Agatha maldecía sus pobres pies de mujer madura. Llevaba unos zapatos de ante negro y tacón bajo que hasta ese día le habían parecido un milagro de la comodidad. Sin embargo, de llevarlos por casa y durante las breves caminatas entre el coche y las tiendas, se habían desgastado y les habían salido unos bultos por dentro que no había notado hasta entonces.

Al acercarse a la puerta de la mansión, Agatha sintió que se encogía su alma de clase obrera. La sensación se intensificó con el olor a judía cocida procedente de la cocina y que le trajo vívidos recuerdos de las sórdidas calles de Birmingham: bebés chillones, mujeres rollizas y agresivas, y una pequeña Agatha que alimentaba el sueño de llegar a tener algún día un cottage en los Cotswolds.

Los pobres parecían condenados a comer judías de lata o pescado con patatas fritas, pensó Agatha.

La señora Arthur abrió la puerta.

—Tiene compañía —dijo—. Están en las cuadras.

—Ya lo encontraremos —contestó James.

Agatha fue cojeando tras él hacia las cuadras.

Freda y lord Pendlebury estaban hablando fuera. Freda vestía una chaqueta de amazona de tweed, pantalones de montar y botas de montar nuevas. Parecía sacada de un anuncio de la revista *Country Life*.

—¡James! —gritó cuando lo vio, corrió hacia él y lo besó en la mejilla.

Agatha deseó no haber ido. Lord Pendlebury se acercó con sigilo.

—¿Qué sucede, joven? Estaba disfrutando de la compañía de esta preciosa dama antes de que nos interrumpiera. —Miró a Freda con cara de bobo y entonces vio a Agatha—: ¡Buen Dios! —exclamó—. ¡Esta mujer otra vez!

Freda se rió entre dientes y se colgó del brazo de James, sonriéndole.

—Hemos estado haciendo algunas preguntas sobre la muerte de Paul Bladen —dijo Agatha con tono áspero y en voz alta—, y por lo visto parece que usted se acostó con él.

—¡No me diga! —Freda miró a Agatha con repugnancia y volvió la vista en silencio hacia los dos caballeros, suplicándoles ayuda.

—Váyase de aquí, bruja, ¡fuera! —exclamó lord Pendlebury.

—Demasiado brusca, Agatha —murmuró James—. ¿Por qué no te vas a casa y lo dejas en mis manos? Iré a verte más tarde.

Con las mejillas ardiendo, Agatha se dio la vuelta y salió de allí. Sentía todas las miradas clavadas en su espalda. ¿Por qué había sido tan directa? ¡Maldita Freda! Seguramente James abandonaría la investigación, y todo por culpa de esa zorra.

Le dolían los pies y se alegró de llegar a casa y ser recibida con el afecto poco exigente de sus gatos. Pensó que más valía olvidarse de James y empezar a preguntar por su cuenta a Josephine Webster. Sonó el teléfono.

Para su asombro y mayor escarnio, reconoció la voz de Jack Pomfret.

—Escucha, Agatha —dijo en tono zalamero—. Lo reconozco, lo enfoqué de la manera equivocada. Sí, me has descubierto. Me arruiné en España. Pero he montado un negocio pequeño y rentable, y...

Le colgó. Se dio cuenta de que temblaba de rabia. ¡Qué desfachatez! Que aquel hombre insistiera en sacarle dinero la asustaba un poco. Agatha, piensa en otra cosa, piensa en Josephine Webster. Y además quedaba la señora Mason, que también había asistido al funeral.

Pero estaba demasiado alterada para pensar con claridad. Se planteó servirse una copa, pero prefirió no hacerlo. No iba a convertirse en una de esas personas que se toman una copa ante el menor disgusto. Así que encendió la televisión y al poco rato ya estaba absorta viendo un culebrón estadounidense y empezaba a relajarse.

Una hora más tarde, cuando sonó el timbre, se puso en pie de un salto, nerviosa, casi temiendo que Jack Pomfret la hubiera seguido hasta el campo. Pero era James quien estaba en la puerta.

—Siento lo que ha pasado —dijo—. Pero has entrado demasiado fuerte, Agatha. Freda sabe que no te cae bien, así que no va a aceptar de buena gana que tú la interrogues.

—¿Y tú le has sonsacado algo? —preguntó Agatha.

—Cuando me he librado del baboso Pendlebury, he charlado un poco con ella. Dice que tuvo un escarceo amoroso con Bladen, pero que no fue a más. Ha señalado, con toda razón, que es una mujer soltera y libre, y que puede hacer lo que quiera. Ha sido bastante franca hablando del asunto.

—Pero ¿por qué en la consulta? —preguntó Agatha—. Los dos tienen casa y cama propias. ¿No te sugiere eso que se trataba de un acto pasional más que de un escarceo sin importancia?

—Bueno —dijo él con torpeza—. Freda es una chica peculiar.

—Será más bien una mujer madura peculiar, ¿no?

—No discutamos por ella. No creo que sea motivo de preocupación. Probemos con Josephine Webster.

Contenta de tener una excusa para estar con él y lejos del teléfono, Agatha lo acompañó a la tienda de Josephine Webster. En realidad no se trataba de una auténtica tienda. Era una casa adosada de la calle principal, y la señora Webster utilizaba lo que habría sido el salón para exhibir la mercancía. El local era oscuro y estaba saturado con el olor a canela, jengibre y hierbas aromáticas de los jabones naturales y los perfumes. De las vigas del techo colgaban unos ramos de flores secas; de las paredes, sombreros de paja adornados también con flores secas.

La pulcra señorita Webster estaba sentada en un rincón de la sala, haciendo cuentas. Resuelta a mostrar más tacto, Agatha compró una pastilla de jabón de sándalo. Los tres hablaron de la Asociación de Damas de Carsely, del tiempo, y por fin llegaron al tema de Paul Bladen.

—Una muerte muy triste. —La señorita Webster miraba a Agatha por encima de unas gafas de montura dorada—. Un desgraciado accidente.

—Pero ahora —intervino James—, tras el asesinato de la señora Josephs, la policía empieza a sospechar que a Paul Bladen podrían haberlo asesinado también.

—Eso es absurdo. No me lo puedo creer.

—Hay una unidad móvil de la policía desplegada fuera del pueblo —adujo James—, y no creo que se deba sólo a la señora Josephs.

La cara de la mujer adoptó una expresión crispada y hermética.

—Estoy muy ocupada. Si no quieren comprar nada más, por favor, váyanse.

—Pero usted debía de conocer bien a Paul Bladen —insistió Agatha—, la vi en el funeral.

—Asistí para presentar mis condolencias, pero no me caía bien —dijo—. Las vecinas del pueblo fuimos por una cuestión de respeto. La gente de fuera, como usted, sin duda asistió por curiosidad, un gesto de lo más vulgar. ¿Quiere que le dé un consejo? Deje la investigación en manos de la policía.

—Siempre nos pasa lo mismo, nos echan con cajas destempladas —comentó James ya en la calle—. Lo único que conseguimos es que nos insulten. ¿Qué me dices de la señora Mason?

—Al menos ella nos recibirá bien —dijo Agatha—. Vive en las viviendas de protección oficial.

—¿Qué tal los pies?

—Ahora bien. Me he cambiado de zapatos.

La señora Mason ciertamente los recibió con calidez. Más té y bollitos. Cotilleos sobre el pueblo. Pero Agatha empezó a removerse inquieta. En el pueblo se estaba llevando a cabo una investigación de asesinato, sin duda era muy raro que la señora Mason no lo mencionara.

—Hay un montón de policías por todas partes —la tanteó Agatha.

—Sí, pobre señora Josephs. Me cuesta creerlo. Yo creo que se quitó la vida. Estaba muy afectada por lo de su gato.

—Eso fue un hecho infame por parte de Bladen —intervino James—. Claro que ahora la policía cree que lo asesinaron.

Siguió un largo silencio mientras la señora Mason lo miraba fijamente, envarando su corpulenta figura.

—Eso es absurdo —dijo por fin—. Nadie asesinaría al señor Bladen.

—¿Por qué?

—No era el tipo de persona a la que se asesina. Era un hombre resuelto y con ideas. Buena gente.

—No tan buena con el gato de la señora Josephs.

—A eso se lo llama «eutanasia». El señor Bladen me contó que ese viejo gato se moría de dolor.

Agatha se inclinó hacia delante.

—Pero imagínese por un momento, señora Mason, sólo imagíneselo, que alguien ha asesinado a Paul Bladen. ¿Se le ocurre un móvil?

—No, no se me ocurre. Y no quiero verme mezclada en estas cosas, señora Raisin. No me apetece. No es decente. A lo mejor es así como se comporta la gente en la ciudad, pero...

—¿Tampoco quiere saber quién asesinó a la señora Josephs?

—Sí, me gustaría, pero eso compete a la policía.

No pudieron sonsacarle nada más y regresaron a casa de Agatha.

—Me gustaría probar otra vez con la ex esposa, la señora Bladen —dijo Agatha—. Aunque seguro que nos cierra la puerta en las narices.

—Mira, podemos volver y visitar a Bunty Vere-Dedsworth. A lo mejor nos ayuda a convencer a Greta Bladen de que hable.

—Pues vamos —contestó Agatha con entusiasmo, temerosa de que, si se quedaban en Carsely, Freda se plantara en su puerta.

7

Agatha y James estaban a punto de salir cuando sonó el teléfono. Ella se sobresaltó y lo miró como si fuera una serpiente seseante. ¿Era Freda? ¿O era Bill Wong, que llamaba para pedirles que se ocuparan de sus asuntos y dejaran la investigación a la policía? Bill siempre había tenido la molesta habilidad de adivinar qué se traía ella entre manos.

Contestó al teléfono con tono dubitativo.

—¿Diga?

—Escúchame, Agatha —dijo la voz de Jack Pomfret con seriedad—, esto es ridículo. Yo...

—¡Desaparece de mi vida y déjame en paz! —gritó, y colgó el teléfono.

Entonces se irguió y se secó las palmas de las manos en la falda.

—Está loco —murmuró—. Me dan ganas de matarlo.

—¿A quién? ¿Estás bien, Agatha?

Ella sacudió la cabeza como si quisiera despejársela y suspiró.

—Es un antiguo conocido. Está intentando sacarme dinero. Quiere montar un nuevo negocio. Pagando yo. Sabe que he descubierto que quería estafarme. Pero está loco. Sigue llamando. Me siento humillada y amenazada.

El teléfono sonó de nuevo, y Agatha dio un respingo.

—Permíteme —se ofreció James cogiendo el auricular y, después de escuchar, dijo con un tono gélido—: Soy el marido de Agatha Raisin. Me ocupo de todos sus asuntos financieros. Una llamada más por su parte y pediré a la policía que examine sus transacciones económicas.

James miró el aparato antes de colgar y sonrió.

—¿Qué ha dicho? —preguntó Agatha.

—Ha chillado asustado y ha colgado. No volverás a saber de él.

—¿Por qué estás tan seguro?

—Porque, mi querida Agatha, vivimos en un mundo chapado a la antigua, por más duras e independientes que se hayan vuelto las mujeres. Ahora mismo está convencido de que ha de tratar con un marido furioso. Vamos. Pareces demasiado alterada para conducir.

Al subir al coche de James, Agatha sintió una calidez que se extendía por todo su cuerpo. Había dicho que era su marido. Vaya, tenía que encontrar la forma de hacérselo saber a Freda Huntingdon.

Hacía mucho viento y sombras de nubes enormes recorrían los campos donde el maíz susurraba bajo un sol esquivo. El corazón de Agatha cantaba. Y ella también:

—*Oh, what a beautiful morning...*

—Ya es la tarde.

James encendió la radio, a modo de indirecta, y Agatha dejó de lado a Sinatra y se quedó en silencio.

La casa señorial seguía emanando el mismo aire tranquilo y acogedor, como si hubiese surgido del propio paisaje en lugar de haber sido construida sobre él.

—Así que han vuelto —Bunty parecía encantada—; precisamente me disponía a tomar un café.

—Necesitamos su ayuda —dijo James cuando todos se habían acomodado en la confortable cocina.

Le contó por encima lo que había ocurrido y le explicó que estaba convencido de que Greta Bladen podría ayudarlos.

Bunty escuchó con atención, con los ojos centelleando de interés.

—Como ya les comenté, conozco a Greta —dijo—. En este pueblecito nos conocemos todos. La llamaré y le pediré que venga.

Salió y volvió al cabo de un momento diciendo que Greta ya estaba de camino.

—Será mejor que me dejen hablar a mí —pidió Bunty—. Puede ser muy suspicaz.

Y suspicaz era la expresión de Greta cuando entró en la cocina y se paró en seco al ver a Agatha y a James.

—A ver, Greta, no puedes escabullirte cada vez que la gente te hace preguntas sobre la muerte de Paul —dijo Bunty con firmeza—. Ese hombre no te caía bien, pero no querrás que un asesino campe a sus anchas por los Cotswolds. Siéntate, Greta, y tómate un café. A ver, todos creemos que, si conociéramos un poco mejor a Paul Bladen, tal vez podríamos adivinar cuál de los sospechosos lo hizo.

—Entre los cuales me cuento —señaló Greta con amargura, pero se sentó y se quitó el abrigo corto—. Bueno, es una historia aburrida —comenzó—. Como ya se habrán dado cuenta, yo era diez años mayor que Paul cuando lo conocí. Él era veterinario en Leamington Spa, donde yo vivía. Por aquel entonces, yo tenía un perro al que quería con locura, como sólo aquellos que no son amados pueden querer a los animales.

Agatha, que había estado pensando en sus gatos, bajó la vista a la taza de café.

—Llevé al perro al veterinario para que le pusiera unas vacunas. Paul era encantador. Cuando me invitó a salir, no podía sentirme más afortunada. Mis padres habían muerto hacía poco y me habían dejado una casa y una suma razonable de dinero. Fue lo que en las novelas románticas llaman «un cortejo apasionado». Al poco de casarnos, una mañana encontré a mi perro muerto. El animal estaba fuerte y sano el día anterior. Paul se mostró muy comprensivo y le hizo la autopsia. Dijo que había muerto de un ataque al corazón. Sólo años más tarde sospeché que lo había envenenado. Por raro que parezca, tratándose de un veterinario, lo cierto es que no soportaba ni a los perros ni a los gatos. Me contó sus sueños de abrir una clínica veterinaria. Dijo que le pondría mi nombre. Le di una suma considerable de dinero para que empezara.

»Durante el año siguiente, me entretuvo contándome milongas sobre la parcela de terreno que había comprado y en la que supuestamente ya trabajaba el contratista. Yo me emocionaba y le pedía que me la enseñara, pero él me decía que quería que fuera una sorpresa. Le dije: «Al menos dime dónde está», y me contó que en Chimley Road, en las afueras de Mircester. Empezó a volver tarde a casa. Siempre decía que era porque iba a ver las obras cuando acababa de trabajar. A continuación dijo que nos mudábamos a Mircester para estar cerca de la nueva clínica. No me pidió dinero. Dijo que ya tenía una casa preparada, pero que tenía que prometerle que no me acercaría por Chimley Road hasta que él estuviera capacitado para darme la sorpresa.

Greta suspiró.

—Estaba muy enamorada de él. Y así seguí hasta que me encontré con su socio, Peter Rice, en una fiesta. Dicho sea de paso, yo conocía a Peter de antes. Éramos viejos amigos. Así que me pareció que no pasaba nada si le preguntaba si seguirían con la consulta cuando se abriera la nueva clínica veterinaria. Pero él me preguntó a su vez: «¿Qué clínica veterinaria?» Se lo conté. Él me miró con cara de pena y me dijo que por qué no me acercaba a Chimley Road y echaba un vistazo. Alarmada, fui al día siguiente. Era una larga hilera de casas adosadas. Ni rastro de ninguna obra nueva.

»Se lo eché en cara a Paul. Él me dijo que la cosa no había salido bien allí, así que estaba construyendo la clínica en Leamington. Cuando le repliqué que no le creía, finalmente me contó la verdad. Jugaba, era un jugador empedernido. No sólo se había gastado en el juego todo el dinero que le había dado, sino que necesitaba más para pagar sus deudas. Me negué. Él se puso furioso. Me dijo que sólo se había casado con una vieja bruja como yo por mi dinero. Sí, en aquel momento lo habría matado, pero quería librarme de él a toda costa, así que lo obligué a aceptar la separación y el divorcio. Si se negaba, le dije, se lo contaría todo a Peter Rice.

—Entonces —dijo James—, podría haberlo matado una de sus amantes porque se enteró de que la estafaba.

—Eso tampoco es motivo suficiente para asesinar a nadie —objetó Bunty.

—Y tanto que lo es —intervino Agatha, pensando en Jack Pomfret.

—Bueno, ya tienen lo que querían de mí —dijo Greta con voz cansada—, ¿puedo irme?

—Claro, querida —respondió Bunty—. Pero tienes que entender lo importante que es descubrir quién cometió ese acto tan espantoso.

Greta se levantó.

—¿Por qué? ¿Por qué es tan importante? Murió sin sufrir. Era un hombre cruel y un inútil.

—Pero también está el asesinato de la señora Josephs —adujo Agatha con tranquilidad—. Debe de haberlo leído.

—Sí, pero ¿qué tiene que ver con Paul?

—Ella me dijo que me lo contaría todo sobre él —contestó Agatha—, y al día siguiente estaba muerta.

Greta negó con la cabeza, perpleja.

—No puedo hacerme a la idea de que la muerte de Paul no fuera un accidente. No conozco a la tal señora Josephs... quiero decir que no la conocía. Pero es posible que su muerte no tenga nada que ver. —Se le quebró la voz—. He hecho lo que he podido por ustedes. Por favor, no vuelvan a molestarme.

Cuando se marchó, siguió un largo silencio.

—Pobre mujer —dijo Bunty.

—Sí, a lo mejor. —Agatha entrelazó los dedos con fuerza alrededor de la taza de café—. Por otro lado, ella es seguramente la que más razones tenía para matar a Paul. Conocería el Immobilon. Es posible que tuviera acceso a la adrenalina, en caso de que él hubiera dejado medicamentos en casa cuando la abandonó.

—Te olvidas del robo en la consulta —señaló James.

—La policía parece creer que se perpetró después de la muerte de la señora Josephs.

—Tantas mujeres, tantas sospechosas —se lamentó James—. Pero ya le hemos robado bastante tiempo, Bunty.

Le dieron las gracias y se marcharon.

—Sabemos una cosa —dijo Agatha ya en el coche—: en el fondo de todo este asunto parece estar el dinero, no la pasión. Mira, Jack Pomfret no me sacó dinero, ¿cierto? Pero el simple hecho de que intentara engañarme y que ahora encima tenga la caradura de llamarme hace que me entren ganas de matarlo. Me produce temor y a la vez un odio visceral, ¿lo entiendes?

—Sí, creo que sí. Si alguna de esas mujeres, cualquiera de nuestras sospechosas, menos Greta, quiero decir, pagó, habría un móvil. Podríamos pasarnos por Mircester y preguntar a Peter Rice qué ha sido de la cartilla de ahorros de Paul Bladen.

Agatha estuvo de acuerdo, encantada ante la perspectiva de pasar más tiempo en compañía de James.

La consulta vespertina del veterinario de Mircester estaba cerrando. Esta vez Peter Rice los saludó con bastante amabilidad, pero puso mala cara cuando le preguntaron si conservaba alguna cartilla de Paul Bladen.

—Me deshice de todos sus papeles y preparé una hoguera con ellos —dijo—. He puesto la casa en venta. Difícilmente iba a venderla con toda esa basura. Le pregunté a Greta si quería algo, pero no quiso nada, así que di su ropa a la beneficencia, y lo que quedaba en la casa se vende con ella.

—¿Cuál era su banco? —preguntó James.

—El Cotswold and Gloucester. Pero, que yo sepa, el director de un banco no revela información sobre las cuentas de sus clientes, aunque hayan fallecido.

—¿No se fijó por casualidad en si Paul había recibido grandes sumas de dinero de mujeres últimamente? —preguntó Agatha.

Él se rió con ganas.

—Ya no era tan joven como para ejercer de gigoló de mujeres mayores. Los abogados sólo me entregarán el dinero que quede cuando hayan cobrado sus honorarios y pagado los costes del funeral. Me temo que sus transacciones bancarias se las ha llevado a la tumba.

Pero ¿por qué lo pregunta? No la habría estado timando, ¿verdad?

—Sólo era curiosidad —contestó Agatha—. Es raro, sobre todo ahora que se ha descubierto que asesinaron a la señora Josephs. Eso hace que la muerte de Paul Bladen parezca también un asesinato.

—Pues a mí no me lo parece —respondió Peter—. Pendlebury me pidió que acabara la operación, y le dije que no volvería a tocar el Immobilon en la vida.

—Vamos a comer algo —sugirió James cuando salieron de la consulta.

Eligieron un pub cercano, evitando el del lavamanos que había destrozado Agatha, y empezaron a hablar de las sospechosas, o, mejor dicho, ella hablaba mientras James fruncía el ceño con la cerveza delante.

—Me parece que no has escuchado una palabra de lo que he dicho —soltó Agatha enojada.

—Te escuchaba a medias. La verdad es que estaba pensando en cometer un delito.

—¿Tú?

—Sí. Estaba pensando en robar en el Cotswold and Gloucester Bank.

—Pero eso es imposible. Habrá sofisticadas alarmas antirrobo, rayos láser, sensores y Dios sabe cuántas cosas más.

—Tal vez no. Acabemos la copa y el bocado, y acerquémonos a echar un vistazo.

El banco era una tienda remodelada en una calle lateral con viejos edificios de estilo Tudor cuyos aleros llenaban el cielo nocturno por encima de sus cabezas.

—Alarma antirrobo, claro —dijo James—. Echemos un vistazo por detrás, a ver si podemos entrar.

Encontraron una callejuela que corría paralela a la parte trasera del banco y las tiendas. Había una sucesión de garajes y vallas altas de madera, todos con pinta de estar cerrados y ser inexpugnables.

James fue contando las casas.

—Ésta es la parte de atrás del banco —dijo—, antes era un jardín. Seguro que no conectaron la alarma a la puerta de madera de esta pared.

Del bolsillo se sacó una pequeña cartera con varias tarjetas de crédito. Agatha reprimió el impaciente comentario que estaba a punto de hacer: que sólo en las películas había visto a alguien abrir una cerradura con una tarjeta de crédito. Lo vio escoger una.

Agatha se dio la vuelta y echó un vistazo a la calle, iluminada con farolas de vapor de sodio, lo que confería a todo un aire irreal y, pensó con espíritu más práctico, le teñía los labios de un tono morado.

Se oyó un clic, y Agatha se dio la vuelta. La puerta de la pared estaba abierta.

—Asombroso —dijo.

—Entremos antes de que nos vean —susurró entonces James.

Agatha lo siguió adentro. Él cerró la puerta y se sacó un bolígrafo linterna.

—Ya lo has hecho antes —lo acusó Agatha.

Él no respondió y siguió adelante por un estrecho sendero entre dos parcelas cubiertas de césped.

—Mira —murmuró—, ahí: una cocina en la parte de atrás.

—¿Para qué quiere un banco una cocina?

—Preparan el té para el personal. Un vestigio de cuando era una tienda. Bueno, déjame ver...

El fino haz de la linterna recorrió parpadeando el edificio, arriba y abajo.

—No veo ningún indicio de que haya una alarma instalada —dijo—. Voy a probar. Prepárate para salir pitando por si acaso.

—Pero tal vez no oigamos ninguna alarma —contestó Agatha, muy nerviosa—. Puede que sólo suene en comisaría.

—¿Dónde está tu espíritu aventurero? —se burló James.

Volvió a sacar la tarjeta. Agatha rezó para que no pudiera abrir la puerta. Se imaginaba un montón de coches de policía enfilando la calle, agentes con megáfonos, la mirada de reproche de Bill Wong. Pero lo único que oyó fue la voz de James, que soltó tan tranquilo:

—Está abierta. Vamos.

El corazón le latía con tal fuerza que Agatha estaba segura de que sus pulsaciones se oirían a kilómetros de allí. La puerta de la cocina se cerró tras ellos, el rayo de la linterna se desplazó raudo a izquierda y derecha. James abrió una puerta que llevaba fuera de la cocina y salió primero. Se encontraron en una sala cuadrada llena de mesas y ordenadores.

—La oficina —dijo James—, que es lo único que necesitamos ver. Menos mal. ¿Ves esa puerta de ahí? Es la que da al banco propiamente dicho, donde está el dinero.

Agatha se estremeció. Había una alarma encima de la puerta, y una luz roja los iluminaba de forma constante desde allí, como un ojo furioso.

—Bien —indicó él—, ponte cómoda. Esto podría llevar su tiempo. En esta oficina no hay más ventanas que la que da al banco, lo cual nos viene bien, porque podrían ver la luz de la pantalla del ordenador desde la calle.

Agatha se sentó en un rincón y esperó, demasiado asustada para mirar lo que hacía él, aunque advirtió el parpadeo de una pantalla de ordenador cobrando vida y oyó el sonido apagado de cajones que se abrían y cerraban.

Había sido un día muy largo, y el miedo tuvo un efecto narcótico en Agatha. Se le cerraron los ojos.

Se despertó cuando James le zarandeó los hombros y se puso a gritar:

—¡Nos han descubierto! ¡La policía!

—Chist. He encontrado su cuenta —dijo James en voz baja.

—Muy bien. ¿Podemos salir de aquí?

—Sí. He tomado notas. Ahora muévete con sigilo.

Mientras lo seguía al fin por el sendero del jardín, pensó que encima de las tiendas contiguas debía de vivir gente y que en ese momento alguien debía de estar mirando las dos figuras que recorrían el patio y cogería el teléfono. Pero, cuando echó una mirada hacia atrás, todo estaba tan oscuro y silencioso como antes.

Sólo cuando se encontraron a salvo en el exterior, Agatha se dio cuenta de que el miedo le estaba afectando físicamente.

—Tengo que encontrar un lavabo... y rápido —dijo jadeando.

—¿Te encuentras mal?

—No, tengo que hacer pis —le contestó Agatha—. Una marea de pis está a punto de desbordarse y salirme por los ojos.

—Volveremos al pub —dijo él—. No está lejos.

Agatha maldijo su vulgaridad, pero volvió al pub casi a la carrera.

• • •

—¿Y ahora qué? —preguntó, eufórica, pues ya no sentía miedo y había ido al lavabo.

—¿No quieres saber qué he descubierto?

—Sí, claro.

—Escucha. En el breve periodo que Paul Bladen pasó en Carsely, recibió varios ingresos en su cuenta: uno de veinte mil libras, uno de quince mil, uno de nueve mil, uno de cuatro mil, cuatro ingresos de cinco mil y uno de quinientas libras. Eso sin contar su salario.

—¿Quién los hizo?

—Ahí reside el problema. No lo especificaba. He estado pensando. Me gustaría entrar en su casa. Podríamos hacerlo esta noche.

—¡Hora de la última ronda, por favor, señoras y caballeros. Si son tan amables...! —gritó el camarero.

—¡Qué tarde es! —exclamó Agatha—. Bueno, podríamos empezar mañana temprano y...

—No, esta noche. —Miró el abrigo rojo cereza de Agatha—. Necesitamos ropa oscura.

¿Qué clase de monstruo he liberado?, pensó Agatha, viendo la excitación reflejada en la cara de James. Podía decirle que fuera solo. Aunque sentía la emoción de la aventura, una aventura que además podía acabar con... Los dos moviéndose a tientas en la oscuridad, en casa de Paul Bladen, «¿Qué es esto?», diría ella, y él la agarraría con fuerza y diría «Nada», sin soltarla, y luego le susurraría «Me encanta tu perfume, Agatha» y le rozaría los labios y...

—¡Agatha! Deja de soñar despierta y vamos —soltó James con sequedad.

Ella se quitó esa escena de ensueño de la cabeza y parpadeó, vagamente irritada por que la hubiera despertado antes de que la besara.

De vuelta en casa, Agatha se cambió y se puso pantalones y jersey negros. Se preguntó si él querría que se ennegreciera también la cara. Mejor esperar a ver.

James llamó a la puerta a la una de la madrugada. También se había puesto unos pantalones y un jersey negros.

—Menudo escándalo se armaría si nos descubrieran —dijo él con tono animado—. Sólo espero que no me hayan visto entrar en tu casa a estas horas de la noche.

Agatha pensó en Freda y deseó con toda su alma que lo hubieran visto. James, que había estado bebiendo agua mineral en el pub, prefirió conducir de nuevo. Agatha se acurrucó en el asiento del pasajero y soñó que emprendían la luna de miel.

—Sólo como precaución —dijo James—, aparcaremos a una calle de distancia e iremos andando.

La casa de Paul Bladen se alzaba silenciosa y cerrada en una calle flanqueada de villas victorianas. Agatha recordó su última visita y se alegró de haber salido corriendo.

James miró a ambos lados de la tranquila calzada, acotada con sendas hileras de cerezos en flor. Sopló una suave brisa y les cayó una lluvia de flores.

—¿No es una pena que tanta belleza sea tan fugaz? —se lamentó James.

—Gran verdad —dijo Agatha con un deje de ironía—. Pero si te quedas más rato aquí plantado, embelesado con las flores, acabarán por descubrirnos.

James emitió un leve suspiro, y Agatha se preguntó si él no preferiría estar con alguien que compartiera su amor por la belleza.

—Creo que, dado que no hay nadie a la vista, podríamos ir directamente a la puerta principal —dijo él en voz baja—. Tiene un porche oscuro y, cuando lleguemos ahí, estaremos ocultos.

—Entonces ¿para qué nos hemos molestado en ponernos ropa oscura si no vamos a colarnos por detrás? —preguntó Agatha.

—Porque podría tardar un poco en abrir la puerta, y, si vamos vestidos de negro, es más difícil que nos vea un transeúnte que pase por la calle.

Cuando estuvieron a cubierto del porche, enfocó el haz del bolígrafo linterna a la puerta y al instante lo apagó.

—Cerradura de cilindro —dijo satisfecho—. Un bonito cristal de colores en la puerta. Me pregunto si Peter Rice sabe que hoy en día se pagan bien las vidrieras victorianas.

—Acaba de una vez —repuso Agatha, que miraba nerviosa hacia atrás, por encima del hombro.

De pronto oyeron el sonido de unos pasos que se acercaban lentamente por la calle y se sobresaltaron.

—Ponte en el rincón, con la cara vuelta hacia la pared, y no te muevas —le indicó James en voz baja.

Se habían quedado petrificados.

Los pasos se acercaban, deteniéndose de cuando en cuando.

—Vamos, *Spot* —dijo una voz masculina irritada.

Alguien que paseaba al perro.

Agatha notaba el sudor que le resbalaba por la cara.

Y entonces, para su horror, oyó el leve golpeteo de unas patas a su espalda y notó que un perro le olisqueaba los tobillos. Los pasos del dueño se acercaban por el sendero del jardín.

—Sal de ahí —soltó el hombre con aspereza.

Por favor, Dios mío, suplicó Agatha, sácame de ésta y jamás volveré a ser mala.

El perro se alejó sin hacer ruido.

—Voy a ponerte la correa —dijo la voz del dueño.

Se oyó entonces un clic metálico, los pasos se alejaron lentamente por el jardín y luego por la calle.

—¡Uf! —exclamó Agatha—. Ha estado muy cerca. Deberíamos haber fingido que éramos una pareja de tortolitos —añadió esperanzada—. Así, si nos hubiera visto, se habría largado.

—Todo lo contrario —replicó James—, nada enfurece más a los habitantes de zonas residenciales que la visión de una pareja besuqueándose en una propiedad ajena —dijo sosteniendo un manojo de pequeñas y finas herramientas metálicas.

—¿De dónde las has sacado? —preguntó Agatha—. No serás un ladrón jubilado, ¿verdad?

—Eran de un colega del regimiento. No hagas ruido mientras trabajo.

Agatha se quedó a su lado, aunque no paraba de moverse. Esperaba que el publicitadísimo desodorante que se había puesto funcionara. Él fue probando una herramienta tras otra hasta que se oyó un suave clic.

Al momento, Agatha estaba en el recibidor donde le había entrado el pánico la noche que la había abordado Paul Bladen.

—Bien —dijo James en un tono sereno—, entra bastante luz de las farolas de la calle, y las cortinas no están corridas. Así que ahora buscaremos una especie de estudio o mesa de trabajo.

Agatha abrió una puerta del recibidor.

—Yo miraré por este lado —dijo—. Tú mira por el otro.

Entreveía que las ventanas de la habitación en la que entró daban al jardín de la parte de atrás, hacia unas vías de tren. Se movió con cautela en la penumbra, palpando en busca de una mesa. Al parecer se encontraba en el salón: sofá, mesita, sillones. De pronto, por la vía que se veía al fondo del jardín, un tren de pasajeros que se dirigía a Oxford se detuvo con un estruendo. Agatha se agachó. Las luces de los vagones brillaban y entraban en la sala. Había pocas personas, leyendo o mirando al vacío. Entonces, con un silbido, el tren arrancó, aceleró poco a poco y finalmente se perdió rugiendo en la noche.

Agatha se levantó y se abrió paso con las piernas temblorosas hasta la puerta, y tropezó con algo que cayó con estrépito mientras ella maldecía en voz alta.

Entró James y le dijo con impaciencia:

—Procura no hacer ruido, Agatha. He encontrado el estudio. Ven. Está al otro lado del recibidor.

—No pasa nada. No me he hecho daño —contestó Agatha con tono sarcástico—. Acabo de volcar algo.

La linterna apuntó hacia abajo. Un revistero Canterbury yacía de lado; los papeles y revistas se habían esparcido por el suelo.

—Creo que Rice los habría tirado de todas formas —se quejó James, que los recogió y los puso en su sitio tras enderezar el revistero—. No aumentan mucho el valor de la casa.

Atravesaron el recibidor con sigilo y accedieron al estudio. James se acercó a una mesa que estaba junto a la ventana y abrió los cajones con cuidado.

—Aquí no hay nada —masculló—. A lo mejor más abajo. —Abrió un cajón inferior y sus dedos encontraron algo al fondo; sacó una carpeta—. Vamos al recibidor para que pueda iluminarla con la linterna.

En el recibidor, bajo el fino haz de luz descubrieron que dentro había una carpeta de cartón con cartillas, una libreta de ahorros y extractos de cuentas.

—Podemos sacarla de aquí y llevárnosla a casa —dijo James.

—¿No la echarán en falta? —preguntó Agatha.

—No. Rice ha dicho que había quemado todos los documentos. La carpeta estaba en el fondo del cajón de abajo. Debió de pasársele por alto.

Agatha, encantada de verse de nuevo en la calle, respirando aire fresco, corrió alegremente por el sendero del jardín, tropezó con algo y se cayó de bruces. Se oyó un taco, el ladrido dolorido de un perro y luego aquella maldita voz, que gritaba:

—¡*Spot*!

El perro corrió hacia su dueño. James ayudó a Agatha a ponerse en pie.

—¿Qué están haciendo ahí? —dijo la voz del dueño del animal.

Se acercaron caminando a la puerta del jardín. Bajo la farola había un hombre con un pequeño perro blanco en brazos, en su cara se dibujaba la sospecha.

—¿Le ha dado una patada a mi perro? —preguntó iracundo.

—Mi esposa ha tropezado con él en la oscuridad —dijo James con frialdad.

—Ah, ¿sí? ¿Y qué están haciendo ahí a estas horas de la noche? —preguntó el dueño del perro.

—No veo qué puede importarle a usted, pero mi esposa y yo estábamos viendo nuestro nuevo hogar. Acabamos de hacer una oferta por esta casa y me gustaría aprovechar la ocasión para advertirle de que debe llevar a su animal atado con correa e impedir que se meta en una propiedad privada. Vamos, Agatha.

Plenamente consciente de lo extraños que debían de parecer con el atuendo negro, Agatha pasó por delante del hombre esbozando una débil sonrisa. Notaba sus ojos taladrándoles la espalda mientras se dirigían hacia el coche.

—Vamos a casa —dijo James—. No veo la hora de echar un vistazo a esas cuentas. Qué tipo tan horrible. ¿Qué clase de hombre va por ahí paseando su perro a estas horas de la noche? Seguro que es un maniaco sexual.

Agatha se rió entre dientes.

—Seguro que no es más que un respetable insomne del extrarradio, o puede que su perro sea incontinente. En cualquier caso, ahora se estará preguntando qué clase de gente va a ver su propia casa en plena noche.

—Es todo culpa tuya —soltó James—. Deberías mirar dónde pisas.

—¿Cómo iba a saber yo que estaría ahí el maldito perro? —replicó Agatha.

—No lo sé. Parece que nunca llevas el calzado adecuado, siempre vas cojeando o tropezando.

—¿Estamos teniendo nuestra primera pelea? —preguntó Agatha con ternura.

Siguió un largo silencio. Entonces James dijo:

—Lo siento. Estaba un poco tenso. No debería desahogarme contigo. La verdad es que no estoy acostumbrado a robar.

—Estás perdonado.

—No era una disculpa —repuso él—, sólo una explicación.

—¿Y por qué has dicho entonces que lo sentías?

Siguieron riñendo todo el trayecto de vuelta, pero ninguno de los dos quería irse a su casa hasta haber examinado la carpeta.

Fueron a casa de James. Encendió la chimenea, que estaba preparada. Se sentó en un sofá a un lado del fuego, y Agatha se acomodó en el de enfrente.

—Ah, aquí está la libreta de ahorro —dijo él—. ¡Dios bendito!

—¿Qué? ¿Qué has encontrado?

—Se hizo efectivo un cheque de Freda por valor de... veinte mil libras.

—La liberación de la mujer —se burló Agatha con malicia—. No es habitual que sea la mujer la que paga al hombre.

—Los otros son..., déjame ver: quince mil libras de la señora Josephs, nueve mil de la señorita Webster, cinco mil de la señora Parr, cuatro ingresos más, todos de cinco mil, de Freda, y quinientos de la señorita Simms. Ah, y cuatro mil libras de la señora Mason.

—¡Freda! —exclamó Agatha triunfante—. ¿Te das cuenta de que ingresó cuarenta mil libras en la cuenta de Bladen? Cualquier mujer a la que hubieran timado esa suma tendría ganas de matar a alguien.

Él pareció incómodo.

—Conozco a Freda bastante bien. Parece muy rica...

—Nadie es tan rico —insistió Agatha.

Él se estiró y bostezó.

—Estoy cansado. Más vale que lo dejemos por esta noche. Deberíamos llevar todo esto a la policía mañana, ¿no crees?

Agatha pareció horrorizada.

—¿Y explicarles cómo lo hemos conseguido?

—Podríamos decir que estábamos viendo la casa.

—Y los de la inmobiliaria señalarán que nunca hemos hablado con ellos. Muy bien, mañana visitaremos a todas esas mujeres. Será mejor que me dejes a Freda para mí.

Agatha pensó con rabia en cómo podría disuadirlo de ver a Freda a solas. Sin duda tenía que consultarlo con la almohada.

Sin embargo, el rumbo de los acontecimientos hizo que fuera ella la que finalmente se enfrentó a Freda.

A la mañana siguiente, Agatha despertó de un sueño profundo con el sonido del timbre repicando en sus oídos. Se puso una bata, unas zapatillas de andar por casa y bajó a abrir.

Allí delante estaba Freda, con su ruidoso perro acurrucado en los brazos.

—¿Está aquí James? —preguntó alegremente—. Nadie contesta en su casa.

—No —dijo Agatha—, pero pase, y mantenga a ese perro suyo alejado de mis gatos.

—Sí, me parece que quiero tener unas palabras con usted.

Freda la siguió hasta la cocina. Agatha se miró de refilón en el espejo del recibidor: pelo despeinado, cara sin maquillar.

Freda era distante y frágil, como una figura de un cuadro de Fragonard. Se sentó a la mesa de la cocina, dejó al perro en el suelo y cruzó las largas piernas. Agatha abrió la puerta trasera e hizo que los gatos salieran al jardín.

—Ha estado yendo arriba y abajo por todas partes con James —dijo Freda—. Es un buen hombre. No debería abusar de su amabilidad.

—¿Qué insinúa?

—Lo han estado acosando todas las brujas del pueblo, ¿lo sabía? Ya le he advertido que esas espantosas menopáusicas a veces confunden las cosas. Déjelo en paz.

—Escuche, asesina —siseó Agatha—, que se la follase Paul Bladen en la mesa de la consulta no la convierte en Cleopatra. Además, tuvo que pagar para que lo hiciera, ¿no? Cuarenta mil libras, para ser exactos.

Sonó el timbre de la puerta, y Freda se levantó disparada para ir a abrir, con el perro ladrando tras ella. Agatha la siguió y vio cómo Freda se echaba en brazos de James, sollozando.

—Esta mujer horrible me acusa de asesinato.

—A ver, tranquila —dijo él—, nadie te acusa de nada. —Se liberó de su abrazo y miró a Agatha—. ¿Le has preguntado por el dinero?

A Freda se le escapó un grito ahogado.

—No tenéis ningún derecho a hurgar en mis asuntos privados. Lo denunciaré a la policía.

Salió corriendo por la puerta y siguió corriendo por la calle, con el perro pegado a los talones.

—¿Qué le has dicho, Agatha? —preguntó James.

—Ha empezado insultándome ella, ha dicho que... —Agatha se mordió el labio; no quería que James pensara que era una de esas menopáusicas fantasiosas—. Ay, eso da igual ahora. Es una mujer perversa, así que le he dicho lo del dinero. Entonces has llamado a la puerta y se ha levantado corriendo.

—Maldita sea. Más vale que te vistas, Agatha, y será mejor que nos pasemos a ver la casa de Bladen de manera oficial, así podremos llevarle la carpeta a Bill Wong, como si la acabáramos de encontrar.

Cuando iban en coche a Mircester, Agatha soltó de repente:

—¿Las estaba chantajeando Bladen? Quiero decir, que todos esos pagos tienen un valor relativo; todo depende de quién los haga. Quinientas libras son una fortuna para la señorita Simms.

—Sí, pero es soltera, como la señorita Webster, y Freda es viuda. A Freda no pareció importarle mucho que nos enteráramos de que había tenido un lío con Bladen, así que ¿cómo iba a chantajearla?

En la agencia inmobiliaria no les dieron la llave sino que una chica llamada Wendy dijo que los acompañaría. Era una alegre jovencita un poco boba y tirando a pija que no paraba de hablar mientras los tres recorrían las habitaciones de la casa y Agatha y James se preguntaban cómo quitársela de encima para simular que habían encontrado la carpeta.

—Nos gustaría quedarnos a solas para hablar en privado —acabó por decir James.

Para alivio de Agatha, Wendy respondió:

—Muy bien, cierren ustedes y dejen las llaves en la oficina cuando terminen.

Decidieron realizar un registro completo de la casa, con la esperanza de encontrar cartas o documentos, pero no había nada. En el jardín de atrás, encontraron un viejo bidón de aceite con agujeros a los lados que sin duda habían utilizado para quemar la porquería del jardín. Con un palo, James hurgó de mal humor en el contenido.

—Aquí es donde Rice quemó los documentos —dijo—, pero no hemos tenido suerte. Fue concienzudo. No ha dejado ni la esquina de un papel legible y sin chamuscar. Bueno, vayamos a ver a Bill Wong.

En comisaría, Bill Wong estudió los documentos bancarios y las cartillas, y luego los miró a ambos con suspicacia.

—Un hombre llamó en plena noche para informar de que había dos personas vestidas de negro en la casa de Paul Bladen que le habían dicho que la habían comprado. No serían ustedes, ¿verdad?

—¡¿Nosotros?! —exclamó James—. Si hubiésemos sido nosotros y hubiéramos encontrado esta carpeta, la habríamos traído de inmediato.

—Ya. Tienen que dejar de entrometerse. Sí, lo sé, debería estarles agradecido por esto, y todas estas mujeres serán interrogadas... aunque por la policía. Si me entero de que han proseguido con sus pesquisas de aficionados, tendré que investigar más a fondo la identidad de esa pareja que fue vista en la casa de Bladen anoche. ¿Ha quedado claro?

—Sí, muy claro —dijo Agatha ofendida.

—Así es como nos lo agradece —se lamentó a James cuando volvían en coche a Carsely.

—En cierta manera, me siento aliviado —dijo James—. Bueno, así volveré a escribir.

Siguió un largo silencio. Agatha lo rompió.

—Tengo que pagar la cuota de la Asociación de Damas de Carsely, lo que significa que debo ver a la señorita Simms. ¿Quieres acompañarme? A ver, Bill no puede prohibirnos que hagamos unas cuantas preguntas a nuestros vecinos. Maldita sea, ¡no puede impedir que hablemos con la gente del pueblo!

—¿Y cómo va a enterarse? —añadió James—. Me refiero a que todo el mundo visita a todo el mundo en Carsely.

—La señorita Simms trabaja hasta última hora de la tarde —continuó Agatha—. Probemos primero con la señora Mason.

8

Era uno de esos típicos días ingleses. Lloviznaba sin parar y las flores de los cerezos flotaban por los arroyuelos que corrían entre los viejos adoquines de Lilac Lane. Tras recuperar las fuerzas con un café y unos sándwiches, Agatha y James, con una falta de entusiasmo que ninguno de los dos quería reconocer, salieron para hablar de nuevo con la señora Mason.

Ésta los recibió con calidez y obviamente creyó que se trataba de una mera visita social, así que les resultaba difícil ir al grano.

—Cómase otro de mis famosos bollos, señor Lacey —dijo la señora Mason—. Y esta mermelada de fresas es auténtica, no de las que se compran en la tienda. Pronto volverá a ser temporada de fresas. Qué ganas de que acabe de una vez este tiempo tan desagradable, ¿verdad? —Miró maliciosamente a James—. ¿Sabe que usted y la señora Raisin se están convirtiendo en la comidilla del pueblo? El otro día le dije al vicario que no tardaríamos en leer las amonestaciones.

James la miró espantado y prácticamente se olvidó del motivo de la visita.

—Señora Mason —empezó Agatha—, no queremos entretenerla más, pero nos gustaría saber por qué entregó una suma tan generosa de dinero al señor Bladen.

La señora Mason parpadeó.

—Eso no es asunto suyo.

Agatha echó un vistazo al salón. Sin duda cuatro mil libras era mucho dinero para alguien como la señora Mason.

—Hemos venido a avisarla de que la policía está a punto de investigarlo —dijo James.

—Entonces hablaré con ellos cuando vengan. Pero ¿cómo se han enterado?

—Agatha y yo hemos visitado la casa de Paul Bladen, que está en venta, y casualmente hemos encontrado unos viejos extractos bancarios y una libreta de ahorros. Se lo hemos entregado todo a la policía.

La señora Mason escrutó a James, con una mirada de pronto llena de astucia.

—Así que la señora Raisin y usted han ido a ver una casa juntos. Vaya, vaya, parece que al final hay romance. Resulta esperanzador, la verdad. Nos recuerda que nunca se es demasiado viejo para el amor.

Y eso, como era de prever, hizo que James se levantara y se encaminara a la puerta. Agatha lo siguió, desanimada. James se subió al coche sin abrirle la puerta y contempló malhumorado la lluvia que chorreaba por el parabrisas. Agatha se acomodó en el asiento del pasajero.

—Malditas cotillas. —James dio un golpe al volante—. Tú y yo, es ridículo.

—Sí, para partirse de risa —contestó Agatha secamente, aunque le dolía en el alma—. Sólo lo ha dicho para librarse de ti, y de ti se ha librado.

A James se le iluminó la cara.

—Ah, lo ha dicho por eso. Qué ingenuo he sido.

—Eres hipersensible con el tema —dijo Agatha—. Creo que piensas que todas las mujeres con las que te cruzas van detrás de ti.

Él se rió con torpeza.

—Vayamos a ver a la señorita Webster.

Josephine Webster estaba hablando con una pareja de turistas estadounidenses, empapados de pies a cabeza, que intentaban regatear el precio de un ramo de flores secas.

—El precio está marcado —dijo la señorita Webster, con exasperación—. Esto no es un bazar.

—Pueden regatear en las tiendas de antigüedades —explicó James a los estadounidenses con amabilidad—, pero en las otras se espera que paguen el precio marcado.

—¿Seguro?

La pareja conversó amigablemente con James acerca de su viaje. La señorita Webster volvió a su mesa, y Agatha se asomó por la ventana a la calle principal. No le apetecía abordar a la señorita Webster mientras los turistas estuvieran en la tienda.

—No me gusta perder el tiempo con los estadounidenses —dijo la señorita Webster con mordacidad cuando se hubieron marchado—, se quejan por todo.

—No es culpa suya —respondió James—. Sienten que deben protegerse. Mucha gente cree que los turistas de Estados Unidos están forrados. Esa pareja ha ahorrado durante toda su vida para hacer este viaje. Han de tener cuidado con lo que gastan, y es probable que en su casa les advirtieran de que los extranjeros tratarían de engañarlos.

—Pero nosotros no somos extranjeros —repuso la señorita Webster—. Somos británicos.

James sonrió.

—Hablando de dinero... nos preguntábamos por qué le había pagado usted una suma tan generosa a Paul Bladen.

La señorita Webster palideció y luego se ruborizó.

—¡Salgan de aquí! —chilló con un tono agudo—. ¡Fuera! —Cogió un ramo de flores secas variadas y lo blandió ante ellos como una escoba, como un ama de casa que espantara unos gatos.

—No estamos avanzando nada —afirmó James con tono pesimista cuando salieron de la tienda—. ¿Quieres volver a ver a la señora Parr?

—Mientras ese marido suyo no ande por allí... —accedió Agatha.

La señora Parr no les abrió la puerta. La cortina se movió, y vieron el borrón fugaz de una cara detrás del cristal, pero la puerta principal continuó cerrada.

—Nos estamos quedando sin gente —dijo James—. Tal vez podría intentarlo con Freda. Si fuera solo...

—No —se apresuró a contestar Agatha—. ¿Por qué no volvemos a ver a la señorita Mabbs? Le decimos que sabemos que esas mujeres le estaban pagando. Le hacemos más preguntas.

—Vale, muy bien. Pero no quiero esperar a que abra la discoteca.

—Podemos encontrarla en el trabajo. Dijo que era una residencia para perros a las afueras de Warwick. La buscaré en el listín telefónico antes de salir.

Finalmente, provistos del nombre de una residencia canina situada entre Leamington Spa y Warwick, partieron. La lluvia amainaba poco a poco, dando paso a un sol amarillo claro. Encontraron la residencia sin dificultad. Los residentes ladraban y aullaban de forma lastimera, y el aire húmedo olía a perro mojado. Fueron al despacho, dentro de una cabaña de madera, y preguntaron por Cheryl Mabbs. El hombre del mostrador los observaba con suspicacia.

—¿Son amigos suyos?

—Sí —dijo James.

Se levantó. Era un tipo pequeño y fornido, de pelo gris y gafas sin montura.

—Entonces ya saben dónde encontrarla —contestó—. Fuera.

—Si supiéramos dónde está —insistió James—, no vendríamos preguntando por ella. ¿Trabaja aquí o no?

Agatha tuvo una repentina inspiración. Se puso delante de James y dijo con tono zalamero:

—Me temo que le hemos confundido, pero no nos gusta ir por ahí diciendo qué somos. Somos asistentes sociales.

—Ah. —El hombre se sentó al instante—. ¿Por qué no lo han dicho? Aunque todavía estoy enfadado: fueron ustedes quienes me la recomendaron, asegurando que se había rehabilitado.

Agatha fingió estar harta del tema, aunque el corazón le latía con fuerza.

—¿Qué ha hecho esta vez?

—No se lo han dicho todavía, ¿verdad? Puaj. Ahí tienen lo que es la burocracia. Toda Inglaterra está repleta de chupatintas. Robó el botiquín, eso hizo.

—¿Tenía adrenalina? —preguntó James, ansioso.

—Sí, claro, pero la verdad es que más le habría valido reventar el botiquín de un médico o una farmacia, a no ser que quiera evitar el moquillo y la hiperqueratosis de las almohadillas plantares. Llamé a la policía de inmediato; los agentes fueron a su guarida y encontraron el material. O lo que quedaba. Había estado trapicheando con pastillas en una discoteca de Leamington, asegurando que era una nueva clase de éxtasis. Creo que a estas alturas los jóvenes de Leamington pueden considerarse totalmente desparasitados.

James y Agatha se morían de ganas de saber los antecedentes de Cheryl Mabbs, pero, como buenos asistentes sociales, se daba por sentado que los conocían.

—Es tonta... —continuó el hombre—. A propósito, me llamo Bob Picks. Realmente tenía mucha mano con los animales. ¿Por qué se empeñaría en destrozar su carrera? Hay que ver cómo son los jóvenes de ahora.

Y allí lo dejaron, sacudiendo la cabeza por los pecados de la juventud.

—Bien —dijo Agatha cuando salieron—, de aquí pudo proceder la adrenalina. ¡Maldita sea! No podemos preguntar a la policía o Bill Wong se enterará de que seguimos investigando.

—Demasiadas sospechosas —musitó James—. Te diré lo que vamos a hacer: echaremos un vistazo a su cuchitril. Puede que ya haya salido bajo fianza o que ese novio suyo tan encantador esté allí.

Agatha asintió, aunque de pronto se sintió deprimida. No se le iba de la cabeza la reacción horrorizada y conmocionada de James a la menor insinuación de un idilio entre ambos. Hacía un sol intenso, que sacaba a relucir las canas de su acompañante y le marcaba las arrugas desde la nariz a la comisura de los labios. En ese momento, distaba mucho de parecer atractivo, pero a Agatha eso tampoco la consoló demasiado.

Condujeron hasta Blackbird Street y estacionaron delante del bloque de pisos donde vivía la señorita Mabbs. Subieron las escaleras y, en esa ocasión, llamaron al timbre correcto. Esperaron mucho rato y finalmente oyeron que se acercaba alguien a la puerta. Se abrió una rendija.

—Ah, son ustedes —dijo Jerry, el novio de la señorita Mabbs—. ¿Qué quieren?

—¿Dónde está la señorita Mabbs?

—En la trena.

—¿Podemos entrar? Nos gustaría hacerle unas preguntas.

La puerta se abrió un poco más y su cara de zorro los miró fijamente.

—No les saldrán gratis.

James suspiró.

—Diez libras, como la última vez.

—Hecho. Pero no aquí. Nos vemos en el pub. En el Fevvers.

—¿El... qué? —preguntó James mientras bajaban a la calle.

—Quería decir Feathers —aclaró Agatha.

—El pub de los viejos. El local al que fuimos la otra vez. Estoy harto del agua mineral. Esta vez probaré con el zumo de tomate.

El pub seguía igual, aburrido y polvoriento. Las motas de polvo flotaban en los rayos de sol que se filtraban por las ventanas. Un viejo dormitaba en un rincón delante de su cerveza.

James pidió un zumo de tomate y un gin-tonic para Agatha.

El tiempo transcurría mientras charlaban sobre las sospechosas con desgana. A Agatha le habría gustado hablar de la posibilidad de que Freda fuera la asesina. Después de todo, era la que más había pagado. Pero la cara de James se tensaba ante la mera mención del nombre de Fedra.

James pidió otra ronda y llevó las bebidas a la mesa.

—No creo que nuestro joven amigo vaya a bajar —dijo—. A lo mejor deberíamos subir y probar otra vez.

En ese momento, se abrió la puerta del pub y entraron seis chicos. Cuero negro y vaqueros, pelo a cepillo, rostros enjutos de chicos malos. El jefe de la pandilla los vio y los señaló con la cabeza.

—Problemas —advirtió James.

—No me gusta tu cara —soltó el cabecilla, que con una mano tatuada sujetaba una cadena de bicicleta—, y voy a arreglártela.

Agatha miró desesperada a su alrededor en busca de ayuda. El camarero había desaparecido. El viejo seguía dormido.

James echó la cabeza hacia atrás y gritó:

—¡Ayuda! ¡Ayuda! ¡Asesinato!

Fueron unos gritos espantosos, ensordecedores y paralizantes, auténticos aullidos, y tuvieron el mismo efecto que si hubiera lanzado una granada de mano en medio del grupo. Los seis corrieron hacia la puerta y salieron empujándose, chocando entre sí, mientras los gritos de James proseguían. El viejo se despertó y lo miró desconcertado.

—Está bien —dijo Agatha, lívida—, ya se han marchado.

James le sonrió.

—Nada como un buen grito pidiendo ayuda, es lo que digo siempre. Vayamos a ajustar cuentas con el joven Jerry.

—¿Qué tiene esto que ver con él? Ah, vale, crees que Cheryl Mabbs cometió los asesinatos y que él ha mandado a sus amigos para acallarnos.

—Una idea romántica. Pero más bien creo que el joven Jerry ha llamado a sus amigos y les ha dicho que había un gilipollas rico en el pub con un montón de billetes a su disposición. Me muero de ganas de verlo de nuevo.

• • •

Una vez más, llegaron ante la desvencijada puerta, y una vez más, James llamó al timbre.

—¿Quién es? —se oyó la voz cautelosa de Jerry.

—Le he sacado la pasta a ese pringado —dijo James con voz ronca.

La puerta se abrió de par en par y Jerry, al verlos, intentó cerrarla pero James cargó con el hombro y entró. Dio un par de manotazos a Jerry, a ambos lados de la cabeza. Luego lo agarró del cogote y le espetó:

—A tu piso. Es hora de que tengamos una charla.

—¡No me haga daño! —chilló Jerry—. Yo no he hecho nada.

—¿Dónde está? ¿Cuál es tu puerta? —le preguntó James.

Jerry señaló una puerta abierta. James lo empujó adentro.

—Y ahora, antes de que me ponga en serio contigo, dime, ¿por qué has enviado a tus amigos para que nos calentaran?

—Yo no he sido.

Un radiador de una barra estaba encendido delante de una chimenea vacía. James le retorció el brazo a la espalda y luego le empujó la cara hacia la barra del radiador.

—Habla mientras tengas cara.

—Vale, vale, se lo contaré.

James hizo que Jerry se sentara en una silla y se quedó de pie delante de él.

—He llamado a Syd y le he dicho que los chicos podían sacarle un buen botín a una pareja que estaba en el Fevvers, nada más. Mire, no sé nada de Cheryl. ¡Nada! —gritó cuando James se le acercó—. Le digo la verdad, lo juro por Dios. Fue idea suya lo de robar los medicamentos de la perrera. Para sacar algo de pasta.

Dijo que los colgados de la discoteca comprarían lo que fuera. Es la verdad.

Siguió hablando sin parar, suplicando y dando explicaciones. Resultó que todavía no conocía a Cheryl cuando ella trabajaba en Carsely.

James por fin se apartó, asqueado.

Una vez abajo, Agatha recorrió la calle con la mirada, nerviosa.

—Deberíamos llamar a la policía —dijo.

—Yo no lo haría. —James abrió la puerta del coche—. Se acabaría sabiendo todo. Es más, lo mejor que podemos hacer es irnos de aquí por si el tipo de la residencia canina se ha enterado de que somos unos impostores.

Cuando volvieron a Carsely, James dijo:

—Prepararé algo de comer y luego haremos una visita a la señorita Simms.

Agatha se animó.

—Me acercaré a casa, daré de comer a los gatos y los soltaré en el jardín. Llevan casi todo el día encerrados.

Los gatos le dieron una bienvenida entusiasta. Agatha se sentó y se quedó mirándolos mientras comían. Se sentía débil y temblorosa, casi al borde de las lágrimas. En el pub se había asustado. Bill Wong tenía toda la razón. Debería dejar ese tipo de asuntos en manos de la policía. Aunque, si abandonaba la investigación, James la abandonaría a ella y se pondría a escribir otra vez.

Dejó los gatos sueltos en el jardín, se quedó un momento viendo cómo jugueteaban y luego fue a casa de James.

—He preparado algo de comer en la cocina —dijo él cuando abrió la puerta—, pasa.

Agatha miró con ilusión la cocina. Era alegre y cálida. En la ventana, había un jarrón grande lleno de narcisos. En el centro, una mesa cuadrada y bien fregada y unas sillas elegantes con respaldo de cuero. La cena consistió en jamón asado frío acompañado de una ensalada deliciosa y un vino borgoñón blanco.

Agatha lo observaba disimuladamente mientras él comía con la atención ensimismada que James dedicaba a todo y a todos, salvo a ella.

—Ha llegado el momento —dijo al final, apartando su plato— de que, por separado, escribamos todo lo que sabemos de todos. Quienquiera que fuera el que asesinó a Paul Bladen y a la señora Josephs lo hizo presa del pánico o de la rabia, sin pensar. Pero, primero, veamos qué podemos sonsacarle a la señorita Simms.

La mujer vivía en las viviendas de protección oficial, cerca de la señora Parr. Les abrió la puerta y les dijo con tono animado:

—Acabo de bañar a los niños. Estaré con ustedes en un momento.

—No sabía que tuviera hijos —susurró Agatha cuando se quedaron solos.

—Debe de ser madre soltera —aventuró James—, es algo bastante frecuente hoy en día.

La sala de estar era un caos de juguetes y libros infantiles tirados por todas partes. Un viejo televisor parpadeaba en un rincón. Los muebles parecían comprados a plazos, de esos que envejecen y se caen a trozos antes de acabar de pagarlos.

La señorita Simms volvió trotando sobre los tacones absurdamente altos que siempre llevaba.

—¿Algo de beber? —ofreció.

Los dos negaron con la cabeza y luego se miraron entre sí, hasta que fue Agatha la que finalmente habló.

—Sabemos que pagó quinientas libras a Paul Bladen, ¿por qué?

—Vaya, no me parece una pregunta muy amable, la verdad —se quejó la señorita Simms—, y además, ¿a ustedes qué les importa?

Agatha suspiró.

—Sólo queremos saber quién asesinó a Paul Bladen y a la señora Josephs. Averiguar por qué le dio el dinero tal vez nos sirva de ayuda. Las demás le dieron miles y miles de libras, pero no quieren hablar.

Se le endureció la mirada.

—¿Hubo otras?

Agatha asintió.

La señorita Simms resopló, se recostó en el sofá bajo y cruzó las piernas; la falda se le arrugó y dejó al descubierto el borde de unas bragas de encaje morado. Qué poco conozco a la gente que vive en este pueblo, pensó Agatha. Ni siquiera sabía que la señorita Simms tuviera hijos. Es por el coche. La gente de los pueblos se desplaza constantemente y por eso siente menos curiosidad por sus vecinos. Y la televisión. Aun así, es gracioso que todos sigan hablando de los viejos tiempos, cuando debían entretenerse juntos. Si se lo pasaban tan bien, ¿por qué corrieron a comprarse televisores en cuanto pudieron?

La voz de la señorita Simms interrumpió el hilo de sus pensamientos.

—Más vale que se lo cuente, no tiene sentido guardármelo para mí. Cada vez que recuerdo cómo me engañó ese bastardo me hierve la sangre. Me llevó a un restaurante pijo de Broadway. Me contó toda la historia de esa clínica veterinaria que pensaba abrir. Me dijo que si le daba algo de dinero le pondría mi nombre. Dijo que traería a Lady Di para inaugurarla. Bebí demasiado y, bueno, la cosa se puso un tanto apasionada esa noche, y antes de que me diera cuenta le había extendido un cheque con todo lo que tenía en la cuenta de ahorros. Al cabo de un tiempo, dejó de venir. Me preocupé. No es agradable que la abandonen a una de ese modo. Le pregunté por la clínica y me dijo que estaba demasiado ocupado para hablar de eso. Le pedí que me devolviera el dinero, y se puso desagradable y dijo que yo se lo había dado por voluntad propia. Me sentí una completa estúpida. Trabajo en una empresa de ordenadores en Evesham. La escuela de los niños se lleva gran parte de mi salario. Se lo conté a la señora Bloxby. Ella me dijo que rogara a Dios pidiéndole consejo y así lo hice, ¿y saben qué?

—No, ¿qué? —preguntó James.

—Al día siguiente Dios me envió un nuevo novio con un buen empleo en una empresa textil que me paga una asignación, por así decirlo.

—Entonces se casará pronto, ¿eh? —dijo James.

Ella se rió.

—Está casado, lo que ya me va bien. No me gusta tener a un hombre agarrado a mis faldas a todas horas.

—¿Sabe la señora Bloxby cuál ha sido el resultado de sus oraciones? —preguntó Agatha con curiosidad.

—Oh, sí. Ella dice que los caminos del Señor son inescrutables.

La esposa del vicario, pensó Agatha, era el tacto personificado.

—Estaba tan enfadada con ese Paul Bladen que podría haberlo matado —afirmó la señorita Simms—. Pero no lo hice, así que le deseo suerte a quienquiera que lo hiciera.

—Pero también murió la señora Josephs.

La señorita Simms pareció entristecerse.

—Lo había olvidado. Pobre mujer. ¿Qué me dicen ahora de una copa?

Los dos aceptaron de buena gana, pues ya no había peligro de que los echaran con cajas destempladas, y la señorita Simms sacó una botella de un whisky de malta excelente que le había suministrado su caballeroso amigo. Agatha pagó su cuota de socia de la Asociación de Damas de Carsely, y la señorita Simms anotó el pago con cuidado en un libro mayor de contabilidad.

—¿Y ustedes qué, van a casarse? —preguntó animada.

James dejó la copa en la mesa.

—No hay peligro—dijo con voz controlada—, yo soy un soltero empedernido.

La señorita Simms se rió.

—Yo no lo diría con tanta seguridad. Cuando nuestra señora Raisin quiere algo, es implacable. El otro día, la señora Harvey, la de la tienda, advirtió que pronto oiríamos las campanas de boda.

—Debía de referirse a otros —dijo Agatha, sonrojada de la vergüenza.

Se despidieron de la señorita Simms. Mientras caminaban por la calle, ambos se sentían cohibidos. Agatha estaba cansada y tenía ganas de llorar.

—Creo que me iré a acostar —señaló con una vocecita muy distinta de su tono contundente habitual.

—No te lo tomes tan mal —respondió él con voz amable—. Seguirán hablando sobre nosotros, y, cuando vean que no pasa nada, el cotilleo morirá solo.

Pero es que yo quiero que pase algo, pensó Agatha con el corazón encogido, y, para su espanto, una lágrima inmensa se le escapó de un ojo y le resbaló por la nariz.

—Has tenido un mal día —dijo James—. Mira qué se me ha ocurrido: nos acercamos al Red Lion y te invito a un vaso de leche, de los de antes de acostarse pero bien cargado.

Agatha le dedicó una sonrisa llorosa.

El pub estaba dichosamente tranquilo, sólo había algunos parroquianos en la barra. Se llevaron las bebidas a una mesa junto a la chimenea.

Y entonces entró Freda con un hombre. Ella llevaba un traje verde claro entallado y una blusa de seda blanca, y parecía fresca como una lechuga. Su acompañante era un hombre de mediana edad, de cara rubicunda y pelo plateado, que llevaba un blazer y pantalones de franela. Freda volvió un poco la cabeza y vio a James y a Agatha. Susurró algo a su acompañante, quien soltó una sonora carcajada y los miró con insolencia.

Agatha se fijó en que el rostro de James se había vuelto inexpresivo y su cuerpo se había tensado. Por favor, Dios mío, que no esté celoso, rogó Agatha, al tiempo que se preguntaba por qué seguía pidiendo cosas a un Dios en el que no creía lo suficiente.

—Creo que estoy cansado —afirmó James bruscamente.

Salieron juntos y se fueron caminando en silencio. Agatha le deseó buenas noches con tristeza y se dirigió a su casa. Al menos los gatos se alegrarían de verla.

Abrió la puerta, dio un paso dentro y encendió la luz del recibidor.

Había un sobre blanco y cuadrado encima del felpudo. Lo abrió. Contenía una única hoja de papel con una frase mecanografiada:

DEJE DE METER LAS NARICES DONDE NO LA LLAMAN
O NUNCA VOLVERÁ A VER A SUS GATOS

Agatha dejó escapar un gemido de miedo. Corrió a la cocina y abrió la puerta de atrás.

—¡*Hodge, Boswell!* —gritó, pero no le respondieron más que la oscuridad y el silencio.

Encendió las luces exteriores. La parcela de jardín se desplegó ante ella. Los gatos no estaban.

Entró y llamó por teléfono a la policía.

Las ventanas del dormitorio de James daban a la fachada de la casa. Se desvistió, se acostó y apagó la luz. Cuando estaba a punto de cerrar los ojos, una luz azulada parpadeó por todo el techo del dormitorio y oyó el ruido de un coche que pasaba por la calle.

Volvió a encender la luz y se vistió de nuevo. Cuando salía por la puerta, llegaba otro coche de policía. Corrió a casa de Agatha, esperando que se encontrara bien, preocupado por la posibilidad de que, al animarla a meterse en esa investigación de asesinato, la hubiera puesto en peligro.

El agente Griggs estaba de guardia en la puerta.

—Pase, señor Lacey —dijo—. Necesitará a alguien que la consuele.

—¿Qué ha sucedido?

—Le han robado los gatos.

James se sintió tan aliviado de que no le hubiera ocurrido nada a Agatha que estuvo a punto de decir: «¿Eso es todo?», pero reprimió el comentario a tiempo. La sala de estar de Agatha parecía llena de policías de paisano y de uniforme.

Bill Wong levantó la vista cuando entró James. Rodeaba con el brazo los hombros de Agatha, que sollozaba en silencio. Agatha nunca se había tenido por una amante de los gatos. De hecho, a veces lamentaba la responsabilidad de cuidar de aquel par. Pero en ese momento sólo podía pensar en que los habían matado o los habían encerrado en alguna parte, donde los maltratarían y estarían asustados.

—Más vale que se siente y nos cuente todo lo que han hecho hoy —le indicó Bill—. Agatha no está en condiciones de ofrecernos un relato coherente. Empiece por el principio y siga hasta el final, y no se olvide de nada.

Lo único que no contó James fue que los dos se habían hecho pasar por asistentes sociales. Con voz monótona, describió las entrevistas que habían realizado, el viaje a Leamington, el descubrimiento del robo de medicamentos, incluida la adrenalina, perpetrado por Cheryl Mabbs, y el asalto en el pub.

Luego se calló, esperando un sermón, pero Bill dijo:

—Mañana mecanografiaremos su declaración para que la firme. Tendremos que interrogar a todos los vecinos de Lilac Lane para averiguar si vieron a alguien u oyeron algún coche mientras ustedes se encontraban en el pub.

Se volvió hacia Agatha y la interrogó de nuevo con amabilidad, tomando notas para confirmar el relato de James.

James fue despacio hasta la cocina y preparó un poco de café. Los agentes estaban espolvoreando la puerta delantera de la casa buscando huellas dactilares; examinaban la calle en busca de huellas de neumáticos y registraban el jardín delantero. Se sentó a la mesa de la cocina y, mientras oía el murmullo de voces en la otra habitación, pensó en que él se había retirado al campo para gozar de paz y tranquilidad.

Finalmente se levantó, fue a su casa, buscó su saco de dormir, metió el pijama, un cepillo de dientes y un neceser con artículos de afeitado en una bolsa, y volvió a casa de Agatha.

Bill y los demás se marchaban.

—Dormiré en la planta baja esta noche —dijo James, y Bill asintió.

La señora Bloxby, la mujer del vicario, estaba sentada con Agatha cuando él entró en el salón.

—El amable señor Wong me ha llamado —explicó la señora Bloxby—. Qué incidente tan espantoso. Agatha no debería quedarse sola.

—No lo estará —afirmó James—. Yo dormiré aquí abajo. No llores, Agatha. Los gatos son unos supervivientes natos.

—Si es que todavía están vivos —repuso Agatha sollozando.

—Me alegro de que se quede, señor Lacey —añadió la señora Bloxby—, pero llámeme si necesita algo.

James la acompañó a la puerta y luego volvió junto a Agatha.

—A la cama —le dijo con amabilidad—, te subiré algo para que duermas.

Agatha se enjugó los ojos y subió pesadamente las escaleras. Pensaba en que hasta hacía muy poco habría creído que merecía la pena cualquier sacrificio para que James se quedara bajo su mismo techo y la cuidara, aunque ahora lloraba desconsolada por sus mascotas perdidas.

Cuando ya estaba acostada, se abrió la puerta y entró James con una bandeja.

—Whisky, agua caliente y un par de aspirinas. Estaré abajo. Tómatelo.

Se sentó en el borde de la cama, le acercó el vaso a los labios y esperó hasta que se hubo tragado las aspirinas.

Cuando James se marchó, Agatha siguió despierta, con las lágrimas cayéndole por las comisuras de los ojos. En ese momento, todo el mundo le parecía siniestro, incluso James. ¿Qué sabía de él? Un hombre llegaba a un pueblo y decía ser un coronel jubilado y todos le creían. Aunque la verdad era que Bunty conocía a su familia, y ella había conocido a su hermana el año anterior. No obstante, qué aterrador y poderoso le había parecido cuando había abofeteado al tal Jerry. Despiadado, ésa era la palabra que lo describía.

Poco a poco, se fue quedando dormida y tuvo un sueño plagado de pesadillas. Freda atormentaba a sus gatos y se reía mientras James miraba impasible; Bill Wong la invitaba a cenar y le servía los gatos asados en una bandeja; la señorita Webster trabajaba afanosamente en su mesa, con los dos gatos de Agatha disecados y tiesos delante de ella.

Agatha se despertó por la mañana. La luz del sol entraba a raudales en la habitación, y desde la planta de abajo llegaban el olor a café y un murmullo de voces. Miró el reloj que tenía al lado de la cama. ¡Las diez!

Se lavó, se vistió y bajó. La cocina estaba llena de mujeres: la mayoría eran miembros de la Asociación de Damas de Carsely, además de la señora Harvey, del colmado, y la señora Dunbridge, la mujer del carnicero, a las que James servía café.

En cuanto entró, la rodearon y le expresaron su apoyo entre murmullos. El mármol de la cocina estaba cubierto de pasteles, mermelada y flores. Había ido incluso la señorita Simms.

—Me he tomado el día libre en el trabajo —dijo.

—Es muy amable por su parte —le contestó Agatha—, pero no sé qué pueden hacer ustedes.

—El señor Lacey ha tenido una idea estupenda —intervino la señora Bloxby—. Estamos organizando una búsqueda. Sus gatos podrían estar en cualquier lugar del pueblo, así que vamos a hacer un registro casa por casa. Usted se queda aquí sentada tranquilamente con el señor Lacey y ya le diremos si descubrimos algo.

Agatha abandonó apresuradamente la cocina, subió al cuarto de baño y se echó a llorar a moco tendido. Toda su vida había salido adelante sola. Siempre había sido una mujer fuerte, y había logrado llegar a la cima en el sector de las relaciones públicas. Toda su vida había estado sola. Tantas demostraciones de amistad y ayuda hacían que se sintiera frágil.

Cuando volvió abajo, con los ojos enrojecidos pero ya serena, sólo quedaban James y la señora Parr.

—La señora Parr me ha explicado una historia muy parecida a la que nos relató la señorita Simms —dijo James—. Bladen le contó lo de la clínica veterinaria y le aseguró que le pondría su nombre. Su marido descubrió que faltaba dinero y se puso como una fiera.

—Supongo que yo habría hecho lo mismo —contestó Agatha lentamente, recordando la cena en el restaurante griego—. Me contó sus planes y dije que colaboraría, pero estaba pensando en un cheque de veinte libras. Y él estaba más que dispuesto a acostarse conmigo, aunque me entró el pánico y salí corriendo. ¿Se acostó con él, señora Parr?

La mujer negó con la cabeza.

—No lo habría hecho. No fue así como me engañó. Yo me sentí muy halagada porque me dijo que era la única mujer que le comprendía. No soy muy feliz en mi matrimonio, y él hizo que me sintiera atractiva. Debería habérselo contado antes, pero me sentía idiota. Cuando murió, todavía estaba un poco enamorada de él, pero después del funeral se me aclararon las ideas y entendí lo que había hecho ese hombre.

—La señora Mason me ha dicho lo mismo cuando estabas arriba, Agatha —añadió James—. Era un jugador compulsivo, señora Parr, y por eso necesitaba el dinero.

—Pero es extraño —repuso Agatha—. No se gastó nada. Me refiero a que lo que sacó a las mujeres de Carsely seguía en su cuenta de ahorro.

—Saldré a unirme a la búsqueda —afirmó la señora Parr—. Es lo menos que puedo hacer.

—Gracias por todo esto, James —le dijo Agatha cuando se quedaron solos, y volvieron a llenársele los ojos de lágrimas.

—Vamos, vamos... ya no es momento de llorar. Sentémonos y repasemos lo que sabemos. En lugar de pensar que lo hizo Freda, por poner un ejemplo, porque fue la que más pagó, deberíamos buscar a alguien con la personalidad para cometer un asesinato.

—¿Quién sabe de qué es capaz una persona cuando la provocan?

—Bueno, tú no matarías a nadie, Agatha, ¿verdad?

Salvo a Freda, pensó Agatha.

—Lo que tenemos que hacer —prosiguió— es redactar una lista de sospechosas; nos las repartimos, las seguimos y observamos lo que hacen durante el día, a quién ven y si hay algo extraño en su comportamiento. Bien, las mujeres que dieron dinero a Bladen fueron la señora Parr, la señora Mason, Freda, la señorita Webster, la señora Josephs y la señorita Simms. También debemos tener en cuenta a la ex mujer de Paul, Greta. Además, hay una vertiente del caso que no hemos examinado. Bladen fue asesinado en las cuadras de lord Pendlebury. Bob Arthur encontró el cadáver y fue corriendo a avisar diciendo: «Parece que alguien se lo ha cargado.» ¿Por qué dijo eso?, ¿por qué no se le pasó por la cabeza que había sufrido un ataque al corazón o algo así? Hay otra cosa interesante que he visto en las cuentas de Bladen. No había sacado grandes cantidades de dinero, así que debía de tener efectivo para pagarse la comida y las diversiones. ¿Cómo pagó la cuenta del restaurante griego?

—En efectivo.

—Bien. ¿Qué me dices de la señora Arthur? Es una posibilidad.

—La cosa se pone cada vez más fea —dijo Agatha—; ¿por dónde empezamos?

—Yo empezaré con Freda. No, no frunzas el ceño. Lo hago por motivos relacionados sólo con la investigación. Tú empezarás con la señora Parr.

—¡Oh, vamos! Esa mujer sería incapaz de matar una mosca.

—Ese marido suyo la tiene aterrorizada. Bladen pudo haberse enterado. Es posible que no nos lo haya contado todo. Podría haberla chantajeado. Y así tú también estarás ocupada. Quieres recuperar a tus gatos, ¿verdad?

Agatha hizo una mueca.

—En cualquier caso, yo me voy a poner en marcha. Nos encontramos aquí, pongamos, a las seis de esta tarde. Estar activa es lo mejor para olvidar las penas.

Cuando él se fue, Agatha se quedó en la cocina, aturdida, guardando los obsequios en los armarios. Además de pasteles y tarros de mermelada, había un gran ramo de flores secas, pero dudaba de que fueran de la señorita Webster. Agatha las colocó en un jarrón y subió a retocarse el maquillaje, que se le había corrido con las lágrimas.

Iba a salir cuando se detuvo en el recibidor. La parte de atrás de la puerta principal seguía cubierta de una capa de polvos para detectar huellas de un dedo de grosor. Un rayo de sol iluminó un pequeño objeto de color que destacaba en la áspera estera de fibra de coco. Se agachó, lo recogió y lo miró. Le dio la vuelta para verlo por todas partes. Entonces se le iluminó el rostro. Era un pétalo seco diminuto. Debía de haber caído del ramo de flores que le habían llevado. Lo tiró chasqueando los dedos y abrió la puerta.

Entonces se quedó petrificada.

Se vio la noche anterior, recogiendo el sobre del felpudo y abriéndolo, sacando la carta y desplegándola. No le cupo duda de que algo pequeño y brillante había caído del interior.

9

Agatha se sentía rara e incómoda mientras caminaba aturdida bajo el sol resplandeciente. Dos policías hacían preguntas en el resto de las casas de Lilac Lane. La gente la saludaba con la mano y la llamaba al cruzarse con ella. Pero Agatha no los oía.

Ya no pensaba en quién había asesinado al veterinario o a la señora Josephs, lo único que quería era recuperar a sus gatos.

Cuando se acercaba a la tienda de Josephine Webster, vio una mano blanca que le daba la vuelta al rótulo de la puerta, de ABIERTO a CERRADO. Claro, era mediodía, todo cerraba en el pueblo. Con la operación de registro en marcha, si la señorita Webster tenía los gatos, los ocultaría en la tienda o si no en la planta de arriba.

Agatha volvió a casa y se subió al coche. Aparcó un poco apartada de la tienda y esperó, sin prestar atención a la gente que pasaba por la calle principal, concentrada sólo en Josephine Webster.

Y entonces salió la señorita Webster, pulcra y arreglada como siempre, y se subió a su coche, que estaba aparcado delante de la tienda. Arrancó. Resuelta, Agatha la siguió. La señorita Webster fue a Moreton-in-

Marsh y allí tomó la Fosse Way. Agatha dejó que un coche se interpusiera entre el suyo y el de su presa. La señorita Webster se dirigió a Mircester. Su pequeño coche rojo subió y bajó las cuestas de los montes Cotswolds por la antigua vía romana, que se extendía recta como una flecha.

Agatha la siguió hasta un aparcamiento de varias plantas, dejó el coche un poco apartado, esperó a que la señorita Webster se apeara y cerrara la puerta, y entonces salió del suyo.

Josephine Webster fue primero a Boots, la farmacia; probó varias muestras de perfume y se compró un frasco. Luego se acercó a una tienda de ropa. El ambiente era muy fresco para la época del año y Agatha tiritaba mientras esperaba en la calle. Al final, se arriesgó a echar un vistazo por el escaparate. La señorita Webster se estaba mirando por delante y por detrás en un espejo, probándose un vestido rojo escotado. Dijo algo a la dependienta y desapareció en el probador. Al cabo de diez minutos, salió de la tienda con una bolsa. De allí fue a una tienda de lencería. Agatha, que se movía sin parar en la acera, volvió a quedarse helada esperando hasta que la señorita Webster reapareció con otra bolsa en la que se leía el nombre de la tienda.

Cuando la señorita Webster cruzó el alto pórtico georgiano de la biblioteca pública, Agatha empezaba a desesperarse. Todo parecía muy inocente. El temor a perder a sus gatos la había ofuscado. Aquel pequeño pétalo debía de haberse caído del ramo que le habían llevado por la mañana. Pero la testarudez, la resolución y la tenacidad que la habían llevado al éxito en los negocios se adueñaron de nuevo de ella. Esperó fuera durante media hora y luego entró con cautela. Ni rastro de la señorita Webster.

¿La habría descubierto y se habría escapado por la puerta de atrás? En su frenética búsqueda de una salida trasera de la biblioteca, Agatha casi se dio de bruces con Josephine Webster, que estaba sentada en una silla de cuero en uno de los apartados, leyendo tan tranquila, con las bolsas de la compra al lado.

Agatha se metió en el apartado contiguo, cogió al azar un libro de las estanterías y simuló que leía. Le rugían las tripas. Tenía que comer algo, pero no se atrevía a salir de la biblioteca.

Al cabo de dos horas, un crujido de bolsas la avisó de que su presa estaba a punto de partir. Esperó un momento, luego se levantó con cautela y asomó la cabeza. Josephine Webster desaparecía en dirección a la salida. Agatha la siguió, con el corazón latiéndole con fuerza al reanudar la persecución.

La señorita Webster caminaba alegremente, como si no tuviera ninguna preocupación. Entró por la puerta del hotel Palace de Mircester.

Agatha se acercó a la entrada y la vio enfilar un pasillo junto a la recepción bajo un rótulo de SERVICIOS.

Se compró un periódico en un quiosco del vestíbulo, se sentó en un sofá y se parapetó detrás del diario, bajándolo de vez en cuando para cerciorarse de que la señorita Webster no se le escapaba.

Al cabo de una hora, Agatha la vio salir. Llevaba puesto el vestido nuevo e iba muy maquillada. Estaba claro que había dejado las bolsas de la compra y el abrigo en el guardarropa. Agatha subió el periódico cuando la señorita Webster cruzó el vestíbulo envuelta en una nube de perfume y lo bajó justo a tiempo de verla entrar en el bar.

Agarrotada y hambrienta, Agatha dejó a un lado el periódico, se asomó con cuidado por la puerta del bar y retiró la cabeza rápidamente. La señorita Webster estaba sentada hablando con Peter Rice, el feo y pelirrojo Peter Rice, el socio de Bladen, que debía de haber entrado en el hotel y luego en el bar mientras ella estaba concentrada en esperar a Josephine Webster.

Agatha volvió a sentarse en el vestíbulo con la mente disparada a mil por hora. Podría tratarse de una cita inocente. Sí, espera un momento. La señorita Webster tenía un gato. Podría haberlo llevado a Mircester para que lo visitaran y haber entablado amistad con Peter Rice. Eso no tenía nada de raro. Pero... Greta Bladen había comentado que Peter Rice era un viejo amigo.

Miró a su alrededor. Un rótulo señalaba el restaurante del hotel. Fue hasta allí. El personal todavía estaba preparando las mesas para la cena, pero el *maître* ya estaba allí. Agatha le preguntó si el señor Rice había hecho una reserva para la cena. Lo comprobó. Sí. El señor Rice había reservado mesa para dos. Para las ocho. Agatha miró la hora. Las seis y media todavía. No saldrían del hotel. Tenía que ver como fuera a Greta Bladen y luego volver al hotel para vigilarlos.

Fue a una cabina de camino al aparcamiento y llamó a James, pero no le respondió. Se subió al coche, rezando para que Greta estuviera en casa.

Ésta abrió la puerta y frunció el ceño al ver que su visitante era Agatha.

—Tengo que hablar con usted —le suplicó—. Mire, me han amenazado. Alguien se llevó mis gatos para que dejara de investigar y creo que he averiguado quién fue.

Greta suspiró, pero abrió la puerta del todo.

—Pase. No acabo de entender lo que me está contando. ¿Me está diciendo que alguien intenta impedir que investigue la muerte de Paul?

—Sí.

—Bueno, yo no tengo a sus gatos.

—¿Podría contarme lo que sepa sobre Peter Rice?

—¿Peter? Ah, él no puede tener nada que ver con eso. Lo conozco desde hace siglos.

—Hábleme de él de todos modos.

—No puedo decirle gran cosa. En los viejos tiempos, vivía a dos puertas de mi casa, en Leamington. Éramos amigos, jugábamos al tenis, pero nunca hubo nada romántico entre nosotros. Me refiero a que nunca pensé que abrigara ese tipo de intenciones, así que agradecía su compañía. Entonces apareció Paul.

»Creí que Peter se alegraría de que por fin hubiera encontrado la felicidad, pero montó un numerito muy desagradable. Dijo que había pensado pedirme que me casara con él. Yo estaba tan enamorada de Paul que reaccioné de forma insensible. No era más que Peter, comportándose de una manera muy extraña. La siguiente vez que lo vi, se disculpó por su reacción y dijo que se mudaba a Mircester.

—¿Y no volvió a verlo? —le preguntó directamente Agatha.

—Bueno, claro que sí. Nos vimos cuando abrió el negocio con Paul, y, como ya le expliqué, fue Peter el que me sugirió que fuera a comprobar la obra de su supuesta clínica veterinaria. Mucho después le conté cómo me había engañado Paul. Cuando me divorcié, fuimos a cenar un par de veces, pero no había nada entre nosotros, y, de verdad, creo que nunca lo hubo.

—Entonces ¿cómo se explica la escenita que montó cuando le dijo que iba a casarse con Paul?

—Ah, eso. Creo que Peter es la clase de persona que habría tenido celos de cualquier amigo íntimo, hombre o mujer, que se casara. Era un hombre muy solitario.

Ahora que lo pienso, creo que yo era la única amiga que tenía en Leamington.

—¿Y por qué decidió abrir consulta en Carsely? —preguntó Agatha—. Quiero decir, hay montones de pueblos más cerca de Mircester, y más grandes.

—Déjeme pensar. Dijo algo sobre eso un día que me lo encontré en la plaza. Dijo: «Voy a darle a tu ex algo útil que hacer. Creo que lo mejor es que trabajemos por separado. Le he propuesto que abra una consulta en Carsely. Así me lo quito de encima»; y yo le pregunté: «¿Por qué en Carsely?», y me dijo que una amiga suya tenía una tienda allí y que le había dicho que era un buen sitio para los negocios.

—Josephine Webster —concluyó Agatha—. Así que ésa es la relación. Y creo que ya sé dónde están mis gatos.

Se levantó para marcharse. Tenía los ojos desorbitados, le temblaba la cara.

—Si sospecha de alguien —dijo Greta—, acuda a la policía.

Agatha se limitó a gruñir y se fue al coche.

En la carretera, hacia Mircester, pensaba de forma frenética. Josephine Webster podía haber avisado a Peter Rice sobre la señora Josephs. Podía haber estado en el pub y haber oído a Freda contándole a todo el mundo lo del hallazgo de aquel frasco y luego avisar a Rice, o también podría habérselo llevado ella misma.

Agatha echó un vistazo al salpicadero del coche. Las ocho. Peter Rice estaría sentándose a cenar.

Fue directa a la consulta del veterinario y aparcó delante. Se bajó y sacó una palanca de acero del coche. La consulta era un edificio bajo situado al fondo de un pequeño aparcamiento. Había una luz encendida sobre la puerta. Se dirigió a un lado del edificio, que estaba a oscuras pero lo bastante iluminado desde fuera como para distinguir una puerta lateral acristalada. No tenía el tiempo ni la experiencia para imitar las técnicas de allanamiento de James Lacey. Rompió uno de los cristales de la puerta con la palanca.

Le cayó una avalancha de ladridos histéricos. Con resolución, haciendo caso omiso, retiró los cristales que quedaban con las manos enguantadas, estiró el brazo y abrió la puerta desde dentro.

Varios pares de ojos destellaron hacia ella en la oscuridad y, en algún lugar, entre los ladridos y gañidos, oyó unos maullidos quejumbrosos.

—De perdidos al río —murmuró Agatha, y encendió la luz—. Chist —susurró con desesperación a las jaulas de animales.

Las recorrió con la mirada. Y allí, juntos en una jaula, estaban *Hodge* y *Boswell*. Con un grito de alegría, corrió el pestillo y abrió la jaula.

Los ladridos y aullidos se acallaron de golpe. Agatha, que había metido las manos en la jaula para coger sus gatos, percibió que se cernía un peligro inminente. Oyó una pisada amortiguada y se dio la vuelta.

Josephine Webster sonrió al camarero cuando le retiró la silla para que se sentara en el restaurante. Peter Rice se sentó delante de ella. El *maître* se inclinó entre ambos, les tendió la carta e hizo sugerencias.

Cuando uno de los camareros hubo tomado nota, el *maître* recogió las enormes cartas encuadernadas en cuero y preguntó:

—¿Los acompañará la otra dama?

—¿Qué otra dama? —quiso saber Peter Rice.

La señorita Webster se rió y comentó:

—¿Una de las de tu harén, Peter?

—Antes ha venido una señora y ha preguntado si había reservado usted mesa para esta noche.

—¿Qué aspecto tenía? —preguntó el veterinario.

—Mediana edad, pelo castaño lacio y arreglado, se notaba de peluquería cara. Vestida con bastante elegancia.

—No, no nos acompañará —dijo Peter—. No nos sirva todavía. Tengo algo que hacer en la consulta. Póngale una copa a la señorita Webster y cuide de ella hasta que vuelva.

James Lacey estaba preocupado. Había llamado a casa de Agatha varias veces sin obtener respuesta. Apenas había podido sacarle información a Freda. Su amigo de pelo plateado no se había movido de su lado, y James no había tenido ni un momento para hablar con ella a solas.

Quiso hacer tiempo hasta que volviera Agatha y se puso a escribir su libro, pero acabó escribiendo sobre el caso. En ésas estaba cuando dio un grito, se quedó mirando fijamente uno de los nombres e intentó ver cómo encajaba en las pruebas de las que disponía.

Su empeño se vio interrumpido por el timbre. Eran Bill Wong y el inspector jefe Wilkes.

—¿Dónde está Agatha? —preguntó Bill.

—¿No ha vuelto? Habíamos quedado a las seis. ¿No está ahí su coche?

—No, me estoy empezando a preocupar. Tendremos que preguntar para saber si alguien la ha visto salir del pueblo.

—Saldré e intentaré encontrarla —dijo James—. Tenga, eche un vistazo a mis notas, Bill, y vea si llega a la misma conclusión que yo.

James fue directamente a la tienda de Josephine Webster. Estaba a oscuras, igual que las ventanas del piso de arriba, y sus llamadas y timbrazos no obtuvieron respuesta. Una cabeza se asomó por la ventana contigua al piso de encima de la tienda, y una voz masculina dijo:

—Es inútil que llame y aporree la puerta hasta despertar a los muertos. Se ha marchado a Mircester a mediodía.

James volvió al coche y dijo a Bill que creía que Agatha podía estar en Mircester. De golpe, supo con certeza adónde había ido y rogó por que no fuera demasiado tarde.

Agatha se irguió despacio. Peter Rice la miraba desde el umbral. Ella se fijó de nuevo en la corpulencia de aquel cuerpo que sostenía una cabeza desproporcionadamente pequeña. Había dejado la palanca de acero en el suelo, al lado de la puerta rota. Su mirada voló hacia allí, en busca de un arma.

—Ni se le ocurra —dijo él, y se sacó una pequeña pistola automática del bolsillo—. Pase a la sala de reconocimiento, señora Raisin —añadió—. Allí no nos molestarán.

Aunque el miedo la paralizaba y tenía la sensación de que se le iba a aflojar la vejiga, Agatha, al pasar por delante de la jaula de sus gatos, le dio una patada e intentó enviarles un mensaje telepático para que escaparan. Rice apagó la luz de la sala donde estaban los gatos con los demás animales y encendió la de la pequeña sala de reconocimiento.

Sin dejar de apuntar a Agatha con la pistola, preguntó:

—¿Cómo ha sabido que fui yo?

—En realidad, no lo sabía —dijo Agatha—. Pero he adivinado que Josephine Webster se había llevado mis gatos y dejado esa nota. La he seguido y la he visto con usted. No puede dispararme. La policía encontrará mi cadáver y descubrirá que fue usted.

—Señora Raisin, ha entrado por la fuerza en mi consulta. He visto luz y una figura dentro se ha abalanzado sobre mí con la intención de atacarme. Le he disparado. Estaba defendiendo mi vida y mi propiedad.

—He dejado una nota diciendo dónde estaría.

Él la observó un instante, luego sonrió.

—No, no lo ha hecho, o ese Lacey estaría ya aquí. En todo caso... —dijo, y levantó la pistola un par de centímetros.

—Fue por Greta, ¿verdad? —lo interrumpió Agatha.

—En cierto modo. Pero por entonces no había pensado en matarlo. Ni siquiera lo pensé cuando ella me contó cómo la había engañado. No, sólo se me ocurrió cuando empezó a engañarme a mí, ah, entonces sí me enfurecí. Aquella famosa clínica veterinaria suya. Una excusa muy convincente para estafar a mujeres crédulas. Teníamos una recepcionista, una buena chica. Paul también la engatusó. La chica convencía a los clientes de que pagaran en efectivo, cuanto más mejor, y luego le daba a él el dinero. ¿Se quedaba la chica una parte? Claro que no. Todo iba para esa clínica que, ni que decir tiene, llevaría el nombre de la recepcionista. Yo me había tomado unas largas vacaciones para ir a pescar. Es una costumbre saludable. Había contratado a un joven veterinario para que me sustituyera mientras estaba fuera y para que trabajara con Paul, que prácticamente sólo se ocupaba de los caballos y animales de granja. Cuando volví, comenté que el negocio había bajado de manera considerable. Sospeché del veterinario temporal, pero un día, hablando con una clienta en la plaza, nos quejamos de los impuestos y, concretamente, de los impuestos a los negocios, y la mujer me dijo: «Supongo que por eso cobra tanto en efectivo, para evitar los impuestos. La chica siempre lo pide así.» Entonces acorralé a la recepcionista, que se vino abajo y confesó que sólo había robado por un bien mayor, a saber, la creación de aquella clínica ficticia. La eché, pero a Paul, no, qué va. Antes tendría que devolverme el dinero, aunque quería quitármelo de encima. Josephine había dicho que Carsely era un buen pueblo para los negocios, así que le dije que abriera una consulta allí y que engañara a las mujeres con sus cuentos, si quería, pero que cada céntimo que sacara sería para mí, y, por si le pasaba algo, lo obligué a testar en mi favor. Le dije que, como no me pagara hasta el último céntimo, lo denunciaría a la policía.

Agatha permanecía rígida y, con el rabillo del ojo, vio que sus gatos habían entrado en la sala y estaban a su lado.

—Aun así, ni siquiera entonces lo habría matado. Pero una de las mujeres a las que engañó era la señorita Josephine Webster, de la que me había enamorado. Ella acudió a mí, llorando, y me contó entre sollozos toda la historia. Yo sabía que él había ido a la mansión de Pendlebury. Fui hasta allí con la intención de insultarlo, echarlo de la consulta, romperle la nariz de un puñetazo, nada más. Aparte de Paul, no había nadie en las cuadras. Lo vi con la jeringuilla. Yo sabía qué contenía, en qué consistía la operación, así que algo se apoderó de mí y cuando quise darme cuenta Paul ya estaba muerto. Me escabullí sin que me vieran. Creí que estaba a salvo, pero me enfadé mucho al descubrir que Paul había hipotecado la casa dos veces, y que, en lugar de sacar algún provecho de su muerte, iba a perder dinero. Los precios de las casas están por los suelos ahora mismo. Josephine y yo íbamos a anunciar nuestro compromiso cuando hubiera amainado todo este follón. Ella sabía lo que yo había hecho. Fue entonces cuando apareció la señora Josephs. Dijo que Paul la había engañado y que se lo iba a contar a la policía. Dijo que Paul le había explicado que yo lo había obligado a embaucar a las mujeres y sacarles el dinero. Le prometí que le devolvería el suyo. Luego Josephine me telefoneó y me contó que usted, zorra entrometida, estaba a punto de enterarse de todo por boca de la señora Josephs. Josephine me comentó que la mujer era diabética, aunque en ese momento aún no tenía intención de llegar hasta el final si ella se mostraba sensata. Intenté devolverle el dinero, pero la estúpida vieja no quiso aceptarlo. Dijo que iría a la policía después de hablar con usted. Le pinché la adrenalina y murió al instante. Entré en pánico. La subí a rastras con la esperanza de que la policía, cuando la encontrara en el lavabo, pensara en un suicidio o en un accidente. Tiré el frasco vacío por la ventanilla del coche, como si, al desembarazarme de él, me quitara también la mancha del asesinato. Pero tuvo que entrometerse usted de nuevo, usted y ese Lacey. «Quítale los gatos —dijo Josephine—, eso hará que cierre la boca.» Menudo lío. Menudo lío de mierda. Pero voy a casarme con Josephine y nada va a impedirlo.

Hodge saltó a la mesa de reconocimiento y se quedó allí mirando a uno y a otro.

Agatha olió su propio miedo, rancio y acre. El gato también lo olió y se le hinchó la cola, como la de una ardilla.

—Así que, señora Raisin, tengo que acabar con esto. Le aconsejo que se quede quieta y acepte lo que le va a pasar.

Su dedo empezó a apretar el gatillo. Agatha se tiró debajo de la mesa al tiempo que el disparo resonaba inofensivamente por encima de su cabeza.

Una mano carnosa la sacó a rastras de allí abajo. Jadeando, Rice la arrojó contra la pared. *Hodge* le saltó a la cara, bufando y arañando. Presa del pánico, el veterinario intentó quitarse el gato de encima de un disparo, pero el tiro se perdió y alcanzó un armario con frascos.

Agatha trataba de empujar la mesa de reconocimiento contra el estómago de su atacante cuando éste se arrancó el gato de la cara y lo arrojó volando por la sala. Ella había visto hacer cosas así en las películas, pero la mesa estaba sujeta al suelo. Se tiró a un lado en el instante en que él disparaba otra vez, y al hacerlo se golpeó el tobillo y cayó al suelo.

Cerró los ojos. Se había acabado. La muerte, por fin. Y de pronto la voz de Bill Wong, como caída del cielo, dijo:

—Deme el arma, señor Rice.

Se oyó otro disparo y un grito de Bill. Agatha chilló:

—¡Oh, no!

Y entonces sintió unas manos fuertes que tiraban de ella y la voz de James Lacey que le decía al oído:

—No pasa nada, Agatha. No mires. Rice se ha disparado a sí mismo. No mires. Ven conmigo. Aparta la cara.

Agatha se levantó, agarrada a él, con la cara oculta en el tweed áspero de su chaqueta.

• • •

Tres horas más tarde Agatha estaba sentada en el salón de su casa, después de haberse dado un baño, envuelta en su bata y con los gatos en el regazo, recibiendo las atenciones de James.

—Bill Wong se pasará a vernos —dijo él—. Debería estar agradecido de que le hayamos resuelto dos crímenes, ¿no crees? Pues no ha dicho ni una sola palabra.

—¿Hayamos? —preguntó Agatha—. Soy yo la que ha descubierto lo de Rice.

—Yo había llegado más o menos a la misma conclusión —dijo James—, aunque he tardado un poco más en adivinar que Josephine Webster estaba implicada. ¿Qué te ha llevado hasta ella?

Agatha le contó que había encontrado aquel pedacito de pétalo seco en el felpudo.

—¡Pero tendrías que haberme avisado! —exclamó James—, ¡o haber acudido a Bill Wong!

—Sólo pensaba en los gatos —le dijo Agatha—. Es curioso, ¿no? Creí que se me partía el corazón cuando desaparecieron, pero aquí están, ronroneando, dos animales a los que hay que cuidar y alimentar, y que en realidad no son más que una carga.

—Aunque, por lo que has contado, *Hodge* te ha salvado la vida —señaló James—. Me pregunto si habrán detenido a Josephine Webster. No sé si la habrán encontrado todavía sentada en el restaurante del hotel, esperando. Bill y su jefe han ido directamente para allá mientras nosotros íbamos a comisaría a hacer esas interminables declaraciones.

—Así que ¿lo habías descubierto todo solo? —preguntó Agatha.

Echó otro tronco al fuego y se sentó.

—Cuando acabé de escribir lo que había hecho y dicho todo el mundo, Peter Rice parecía el sospechoso más obvio. Era lo bastante fuerte para subir a rastras por las escaleras el cuerpo de la señora Josephs; sabía dónde estaría Bladen el día que fue asesinado, y también sabía lo de la operación al caballo. Uno siempre imagina que los asesinos lo planean todo meticulosamente, pero en el caso de Rice todo fue improvisado y al final le venció el pánico. Lo único que tendría que haber hecho era permanecer callado y dejar que la señora Josephs lo acusara ante la policía. La policía no se habría creído que los flirteos y las tácticas de engaño de Paul Bladen tuvieran nada que ver con Peter Rice. Creo que fuimos nosotros, con tanto fisgoneo, los que le hicimos perder los nervios.

—No digas eso —le rogó Agatha—, nos hace a ambos directamente responsables de la muerte de la señora Josephs.

—En absoluto, a Rice le habría entrado el pánico de todos modos.

Llamaron a la puerta.

—Será Bill —dijo James—, va a leernos la cartilla.

Bill iba solo.

—Es una visita extraoficial. —Se dejó caer con pesadez en el sofá al lado de Agatha—. Sí, hemos detenido a Webster. Se ha pasado todo ese rato, mientras Rice intentaba matarte, y que a ti ha debido de parecerte interminable, casi como una vida entera, sentada allí bebiendo martinis, sin moverse de donde él la había dejado.

»Lo ha negado todo, pero cuando la hemos llevado a comisaría y le hemos dicho que Rice te lo había confesado todo, se ha venido abajo. Es cruel, pero todavía no le habíamos dicho que había muerto.

»Llevaba varios meses liada con Rice, hasta que Paul Bladen llegó a Carsely. Y hasta que conoció a Rice era virgen. ¿Os podéis imaginar lo que significa ser virgen hoy en día? Creo que su romance con Rice hizo que se sintiera una *femme fatale*, y por eso, cuando pareció que Bladen también la cortejaba, la muy tonta se lo creyó. La noche que nevó, la que tú habías quedado con él en Evesham, ella fue a su casa y le dio el cheque. Así que el agradecido Bladen se la llevó a la cama. Aunque no hubiera nevado, seguramente él no se habría presentado a la cita contigo, Agatha. Fue ella la que contestó al teléfono cuando llamaste.

»Pero Bladen no hacía más que seguir con sus engaños. Le pidió más dinero, ella se asustó y le dijo que no podía dárselo. Ella entonces dejó de interesarle, y la arrepentida señorita Webster volvió a los brazos de Peter Rice y le contó todo lo de Bladen. Así que, para Rice, la historia se repetía. Por lo que nos has contado en tu declaración, Agatha, creo que había estado profundamente enamorado de Greta. Paul se la había arrebatado, y ahora había vuelto a hacerle lo mismo con Josephine. Pero ¿qué te ha puesto sobre la pista?

—He encontrado un pétalo de flor seca en el felpudo —dijo Agatha con orgullo—, y he deducido que seguramente había caído del anónimo sobre los gatos. Y las flores secas apuntaban a Josephine Webster.

Bill parecía desconcertado.

—No se nos habría pasado por alto algo así.

—Eso es lo que he pensado —dijo James—. Alguien te ha traído un ramo de flores secas por la mañana, Agatha, podría haber caído de él.

—¡¿Por qué iban a mirar más a fondo el felpudo?! —exclamó Agatha, exasperada—. Tus hombres registraron el exterior, donde habría estado quienquiera que hubiera echado el sobre, así como el jardín de atrás, porque quienquiera que se llevara los gatos debió de entrar en el jardín por el callejón que pasa entre el mío y el de James. Nadie se ha preocupado por el felpudo.

—Creo que al final descubrirás que procedía del ramo, Agatha. Creo que has acertado por casualidad, y con consecuencias casi fatales para ti. No voy a sermonearte esta noche sobre la locura que supone que unos aficionados interfieran en nuestro trabajo. Que me parta un rayo —se rió—, supongo que se trata de un caso de aficionados primerizos que se proponen atrapar a otro aficionado primerizo.

Agatha lo miró furiosa.

—En cualquier caso, me alegro de que haya terminado. Voy a hacer un curso de formación especial, así que no te veré en unas semanas. —Bill se puso en pie—. ¿Te ha visto el médico, Agatha?

Ella negó con la cabeza.

—Pues más vale que le hagas una visita. Mañana vas a estar hecha polvo.

—Estaré bien —contestó Agatha, dedicándole a James una mirada de adoración, que él le devolvió con perplejidad.

Entonces James se levantó y dijo:

—¿Quieres que vaya a buscar a la señora Bloxby para que te haga compañía esta noche, Agatha?

—No —dijo, decepcionada porque no se hubiera ofrecido a ir a buscar su saco de dormir—. Estaré bien después de una buena noche de sueño reparador.

Cuando se marcharon, Agatha se levantó y se fue a la cama, con los dos gatos trotando tras ella. Sonrió antes de sumirse en un sueño profundo. Todo había acabado. Había sobrevivido. Se sentía estupendamente. No le hacía falta visitar a ningún médico. ¡Hacía falta algo más que un asesino para desanimar a Agatha Raisin!

10

Los días que siguieron fueron magníficos para Agatha, a pesar de que James le mandó una nota en la que le anunciaba que se encerraba a escribir unas cuantas semanas.

Pasó mucha gente por su casa para escucharle contar cómo había resuelto los asesinatos de Paul Bladen y la señora Josephs, y Agatha fue desgranando la historia, embelleciendo los detalles, hasta el punto de que, cuando dio su charla en la Asociación de Damas de Carsely, se había convertido en un verdadero melodrama de aventuras.

—Qué emocionante hace que parezca todo —le dijo la señora Bloxby después de la charla—. Pero ándese con cuidado; aunque la realidad puede tardar un poco en asentarse, lo acabará haciendo, y entonces podría sufrir mucho.

—No he mentido —replicó Agatha acalorada.

—No, claro que no ha mentido —afirmó la señora Bloxby—. Me ha gustado especialmente esa parte en la que le dijo a Peter Rice: «Dispárame si te atreves, maldito demonio.»

—Ah, bueno —murmuró Agatha, removiendo los pies y evitando la mirada firme de la esposa del vicario—, me parece que puedo permitirme alguna licencia poética.

La señora Bloxby sonrió y le tendió una bandeja.

—Tome un trozo de pastel.

A partir de ese momento, Agatha se sintió sumamente incómoda. Su versión de los hechos, que había cobrado la forma de una historia de aventuras muy colorista, había acabado pareciendo real. Cuando volvía andando a casa desde la vicaría, reparó en lo oscuro que parecía el pueblo y en que la luz que había junto a la parada de autobús se había estropeado otra vez.

Las lilas florecían en Lilac Lane, susurrando bajo el viento nocturno, y sus penachos asentían como si cotillearan sobre Agatha, mientras ella pasaba por debajo de camino a casa, pensando que el olor de las flores le recordaba a un funeral.

Entró. Los gatos no acudieron a recibirla; se le escapó un grito de temor y corrió a la cocina. Estaban acurrucados en su cesto, delante de la estufa, felices el uno con el otro, profundamente dormidos, ajenos a una dueña asustada que quería que se despertaran y le hicieran compañía.

Alargó la mano para encender el hervidor eléctrico y de golpe se fue la luz. Presa del pánico, tanteó por la cocina buscando una linterna, hasta que una voz interior sensata le dijo que no era más que otro de los frecuentes apagones que sufría el pueblo. Obligándose a calmarse, recordó que tenía velas en el cajón de la cocina; encontró una y la encendió con el mechero. La sostuvo en alto y encontró un candelabro. Más vale que me acueste, pensó.

Así se acostaban en el pasado las personas que vivían en aquella casa en la época en que se había construido. Subían por esas mismas escaleras, con las sombras proyectándose por delante de ellas al ritmo de la llama ondulante de la vela. Muchas generaciones atrás. Con muchos muertos de por medio. Sólo hay que pensar en cuántos habrían exhalado su último aliento en esa misma habitación. Su bata, colgada detrás de la puerta, parecía un hombre ahorcado. Unas caras la miraban fijamente desde el precioso papel pintado floreado. Agatha estaba cubierta de sudor frío.

Se obligó a bajar hasta el teléfono del recibidor. Dejó la vela en el suelo, se sentó también en el suelo, se puso el aparato en el regazo y marcó el número de James Lacey.

La voz de él, cuando contestó, sonó vivaz y práctica.

—James —dijo Agatha—, ¿puedes pasarte por aquí?

—Estoy concentrado escribiendo. ¿Es importante?

—James, estoy asustada.

—¿Qué ha pasado?

—Nada. Es sólo que esa secuela de la que me había estado advirtiendo todo el mundo ya ha llegado.

—No te preocupes —dijo él—. La ayuda está en camino.

Agatha se quedó donde estaba. Ahora que sabía que él iba hacia allí, el miedo había desaparecido, pero pensó que le convenía seguir pareciendo tan asustada como antes. Tal vez debería arrojarse en sus brazos. Tal vez él la abrazaría con fuerza y diría: «Agatha, hagamos un regalo a esos cotillas y casémonos.» Tal vez la besaría. ¿Cómo serían sus besos?

Esa fantasía de color rosa se alargó hasta que se dio cuenta de que había transcurrido un buen rato. Claro, seguramente él estaría recogiendo el pijama, el neceser, pero aun así...

El sonido del timbre le hizo dar un respingo. Sí, se arrojaría a sus brazos.

—Vamos, vamos, señora Raisin. Ya sabía yo que esto acabaría pasando —dijo la señora Bloxby con amabilidad.

Agatha abrió los ojos como platos y retrocedió confusa. Había visto una figura oscura en el peldaño de la puerta y había creído que era James.

La esposa del vicario llevaba una bolsa para pasar la noche.

—El señor Lacey me ha llamado y he venido todo lo rápido que he podido. El médico está de camino.

Sintiéndose casi enferma por la decepción, Agatha dejó que la señora Bloxby la condujera a la cocina. Volvió la luz. Todo era normal.

Cuando el doctor se hubo marchado, y con la señora Bloxby durmiendo en la habitación de invitados, Agatha, acostada y bajo los efectos de la sedación, sólo fue capaz de pensar, medio mareada, que James era una mala bestia y un cabrón.

Agatha pasó un largo y terrible periodo de ataques de pánico y pesadillas. Se alegraba de recibir visitas durante el día y por la noche agradecía la compañía de las damas de la Asociación, que hicieron turnos para dormir en el cuarto de invitados. Ni una sola mencionó a James Lacey, y a Agatha le dolía en el alma aquel rechazo.

Poco a poco los miedos remitieron, y los largos días soleados mejoraron su ánimo.

En un pueblo tan pequeño, era inevitable que acabara cruzándose con James. Él le sonrió con amabilidad y le preguntó por su salud, le dijo que estaba escribiendo con fluidez y que trabajaba mucho. Le dijo que podrían comer «algún día», ese comentario tan inglés que no suele significar absolutamente nada. Agatha le clavó una mirada dolida y amarga con sus pequeños ojos de oso, pero respondió de forma educada y fría, pensando que eran casi como una pareja que en el pasado hubiera tenido un lío del que uno de ellos se arrepentía.

Y entonces, una mañana, cuando se acercaba la hora de comer, sonó el timbre de Agatha. Ya no corría a la puerta esperando ver a James. En el umbral estaba Bill Wong.

—Ah, eres tú —dijo Agatha—. Debe de hacer siglos que volviste de ese curso tuyo.

—Sí, hace tiempo —respondió Bill—, pero surgió otro caso que implicaba trabajar en colaboración con la policía de Yorkshire, así que he estado viajando un poco. ¿No vas a invitarme a entrar?

—Claro. Podemos tomar café en el jardín.

—¿Está Lacey por aquí? —preguntó cuando la seguía a través de la casa.

—No —contestó Agatha en tono sombrío—. A decir verdad, aparte de algunos «Cómo estás» y «Hace un tiempo espléndido» en el mostrador del colmado, no puede decirse que lo haya visto.

—Qué raro. Creía que erais uña y carne.

—Pues ya ves, no lo somos —le espetó Agatha. Había comprado una mesa y sillas de jardín nuevas—. Siéntate, Bill. Iba a prepararme algo de comer. Pollo frío y ensalada, ¿te apetece?

—Lo que tengas. A tu jardín no le vendrían mal unas flores. Y así tendrías algo de que ocuparte.

—Puede. Voy a por los platos.

Durante la comida, Bill le habló del caso en el que estaba trabajando y finalmente sacó el tema de Peter Rice.

—Es raro —dijo Bill—. Esos dos, Rice y Webster, no es que fueran Romeo y Julieta, pero había pasión, pasión auténtica. Por un lado, tienes a un hombre que se cree demasiado feo para conseguir a una mujer, y por el otro, a una mujer virgen. Sin duda es una combinación explosiva. Cuando Rice se enteró de que ella se había estado acostando con Bladen, debió de rompérsele el corazón, o casi. La historia se repetía. Primero Greta, luego Josephine. Pero Josephine volvió a sus brazos; no le sorprendió que él hubiera matado a Bladen. Después de ese crimen se sintieron más unidos que nunca, y aún más después de la muerte de la pobre señora Josephs.

Miró a su alrededor.

—Cuando uno conduce por uno de estos preciosos pueblecitos de los Cotswolds, no imagina cuánto horror, pasión y rabia pueden cernirse bajo las vigas de estas antiguas casas. Mira, Agatha, Lacey es un bicho raro. Algunos de esos tipos del ejército lo son. Sólo tiene cincuenta y tantos, y eso no es ser muy viejo hoy en día.

—Vaya, gracias —dijo Agatha con aspereza.

—Si estuviera casado, sería un blanco más fácil, pero estos militares solteros, bueno, es como si acabaran de salir de un monasterio. No muestres interés y ya verás cómo te busca.

—Ya no siento nada por él —repuso Agatha con tranquilidad.

—Pues a mí me parece que sientes demasiado y que eso es lo que lo ahuyenta —dijo Bill.

—Ah, no me digas, míralo él, tan joven y tan sabio. ¿Y qué tal va tu vida amorosa?

—Bastante bien. ¿Conoces el supermercado Safeways de Mircester?

—Sí.

—Hay una bonita cajera que se llama Sandra. Estamos saliendo.

—Me alegro —dijo Agatha, que se sintió vagamente celosa.

Cuando Bill se fue, se acercó en coche al Batsford Garden Centre, que estaba al final de Bourton-on-the-Hill, para mirar flores y plantas. También tenían árboles crecidos. Un jardín instantáneo, ésa era la solución. Pero empezaría con lo mínimo. Algo para los parterres de alrededor del césped del jardín trasero y un tiesto colgante de flores para el delantero. Decidió que empezaría plantando unos pensamientos y alegrías de la casa.

Además el trabajo era relajante, al sol y con los gatos jugando a su alrededor. Estaba tan absorta en lo que hacía que tardó un momento en darse cuenta de que llamaban al timbre.

Si fuera...

Pero Agatha dio un paso atrás en cuanto abrió la puerta y se encontró ante Freda Huntingdon.

—¿Qué quiere? —preguntó Agatha de mal humor.

—Enterrar el hacha —dijo Freda—. Venga al pub. Tengo ganas de agarrar una buena. Estoy harta de los hombres.

En la cabeza de Agatha, la curiosidad se batió con el desagrado y ganó la primera.

—¿Qué ha pasado?

—Venga al pub y se lo cuento.

La mera idea de que pudiera tener algo que ver con James empujó a Agatha a acompañar a Freda.

Freda pidió dos ginebras largas y se sentaron.

—Estoy pensando en vender la casa —dijo Freda—. Nada ha salido bien desde que me instalé aquí.

—¿Se refiere a Bladen?

—A Bladen y a lo demás. Mire, George, mi marido, era mucho mayor que yo, pero estaba forrado. Viajábamos mucho, a lugares exóticos. Sin embargo, George me tenía muy vigilada, y yo solía pensar en la libertad de que gozaría si él se moría de golpe y me dejaba el dinero.

»Bien, sucedió. Después de un par de líos desdichados, pensé, a la mierda, me instalaré en los Cotswolds, me compraré un cottage bien mono y buscaré un nuevo marido. Le eché el ojo a Lacey. Lamento haberme comportado como una furcia, pero lo cierto es que me gustaba, aunque no había la menor esperanza. El lío con Bladen me desconcertó. Me creí que estaba coladito por mí. Me tragué toda esa basura sobre la clínica. Cuando George vivía, yo me creía la lista, la mundana, la astuta, pero era él quien tenía el cerebro. Entonces apareció Tony. Ese tipo con el que me vio en el pub. No era ningún Adonis, aunque tenía buenos negocios, al estilo de Gloucester. Su esposa vino a verme ayer. ¡Su esposa! Y me había jurado que era viudo. —Freda lloriqueaba consternada—. No soy más que una vieja estúpida.

—Necesita otra ginebra doble —dijo Agatha, siempre práctica.

James Lacey releyó lo que había escrito y gruñó. Tras su experiencia en el caso Bladen, se le había ocurrido escribir una novela de misterio. Con qué facilidad habían fluido las palabras. Con qué rapidez se habían ido acumulando miles de pequeñas palabras de color verde en la pantalla de su ordenador. Pero de pronto era como si la niebla se hubiera disipado. Estaba leyendo páginas de simple basura.

Tenía todas las ventanas abiertas porque era un día caluroso. Desde la casa de al lado le llegaba el sonido de voces y el tintineo de vasos y porcelana. Salió al jardín y se asomó por encima del seto. Bill Wong y Agatha estaban sentados comiendo, absortos en su conversación. Le hubiera gustado unirse a ellos, pero últimamente se había mostrado frío con Agatha, la había desairado y se había apartado de ella.

Volvió adentro y paseó por las estancias. Se sentía desdichado. Más tarde oyó que se iba Bill y al poco vio a Agatha marcharse en coche.

Por la tarde, salió al jardín y se dedicó a arrancar malas hierbas de los parterres. Oyó movimientos en el jardín de Agatha y, una vez más, se asomó. Ella estaba plantando una hilera de pensamientos. James estaba convencido de que Agatha no tenía ni idea de jardinería.

Si no hubiera sido tan estúpido, podría haberse pasado a charlar. Pero ¡de verdad! ¡Todas parecían estar esperando que les propusiera matrimonio! Y Agatha, ¡ella lo había mirado de un modo...!

Aunque, por otro lado, había estado a punto de morir. Y no era la primera vez que malinterpretaba sus miradas. Todo era culpa de aquella maldita esposa del capitán de Chipre. No debería haberse liado con ella. Menudo escándalo. Era cierto que ella lo había perseguido y había coqueteado con él, pero, al estallar el escándalo, él había sido el único culpable: la bestia seductora que había intentado arrebatársela a su noble y gallardo marido.

Se acomodó para leer una historia de detectives de Reginald Hill y le pareció deprimentemente buena. Perplejo, salió y se sentó a tomar el fresco de la noche en el umbral.

Dando tumbos por la calle, abrazadas y cantando Sinatra, «*I did it my way...*», iban Agatha y Freda Huntingdon.

Cuando llegaron a su altura, dejaron de cantar. Freda, con hipo, gritó:

—¡Hombres!

Agatha Raisin le sonrió con malicia, cerró el puño en alto y levantó el dedo corazón.

James se metió en casa y cerró de un portazo, mientras la inverosímil pareja, riéndose y gritando, seguía su camino.